KB045993

전부 하루토가 만든 거예요.
그 아이, 이런 쪽도 잘 알거든요.

……정말 다재다능하지 않나요?
하루토 님.

예기치 못한 감촉이 뒤에서 밀려와 리오는 당황했다.
앞에 사라 일행이 있으니
뒤에서 밀착한 인물은 미하루일 수밖에 없었다.
무심코 고개를 틀어 뒤를 보려고 했다.

**뒤, 뒤돌아보지 않았으면……
좋겠어요.**

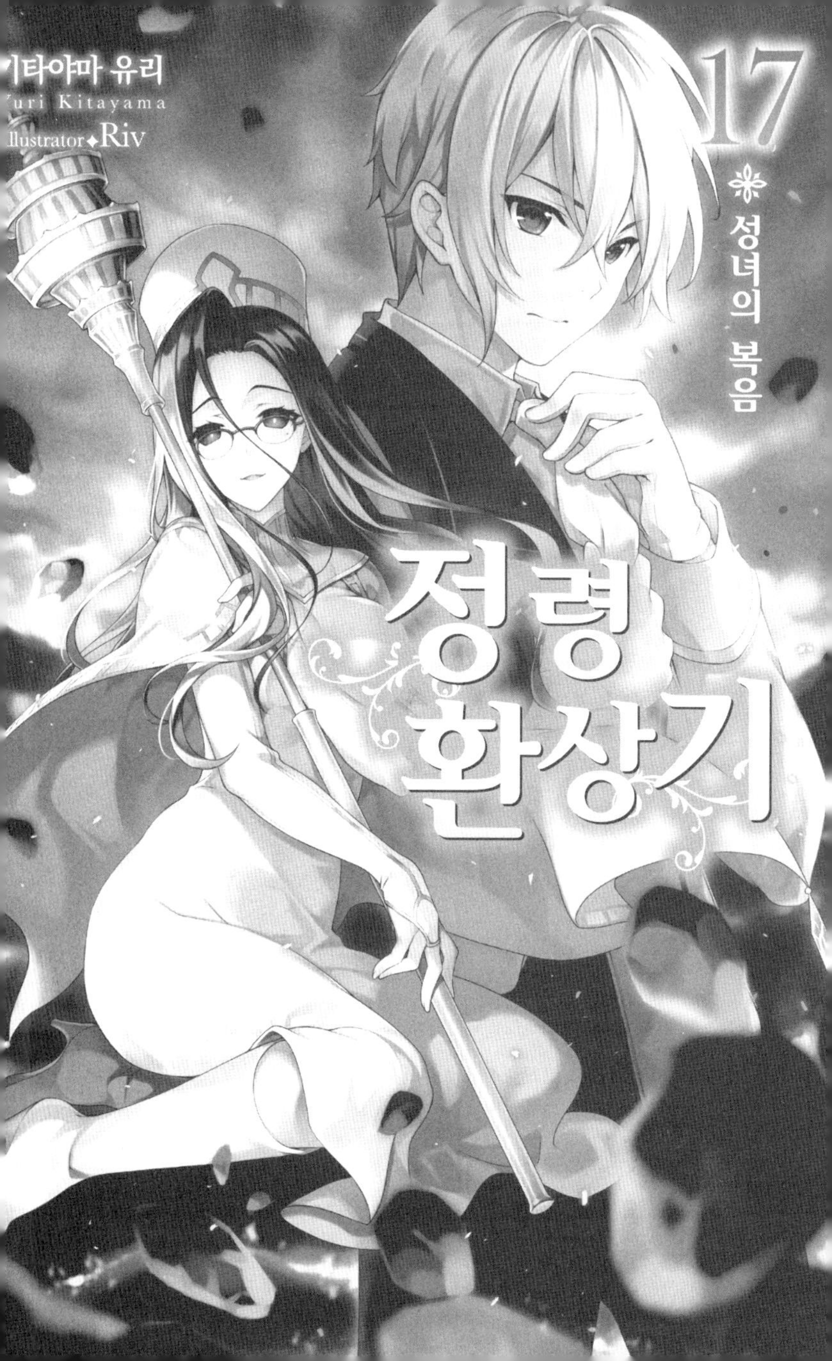

타야마 유리
uri Kitayama
llustrator ◆ Riv
17
성녀의 복음
정령 환상기

커버 및 본문 일러스트_ Riv

CONTENTS

❖

플로라
벨트람

벨트람 왕국 제2 왕녀
현재는 용사
사카타 히로아키와
함께 움직인다

크리스티나
벨트람

벨트람 왕국 제1 왕녀
동생인 플로라를
뒤에서 걱정한다

로아나
폰테인

벨트람 왕국의 귀족 영애
플로라의 수행원으로
함께 움직인다

사카타
히로아키

이세계 전이자이며
용사 중 한 명
유그노 공작을
뒷배로 움직인다

시게쿠라
루이

이세계 전이자인
고등학생
벨트람 왕국의
용사로 움직인다

키쿠치
렌지

이세계 전이자이며
용사 중 한 명
국가에 소속되지 않고
모험가로 지냈는데……

리제롯테
크레티아

가르아크 왕국의 공작
영애이자 리카 상회 회장
전생은 고등학생인
미나모토 리카

아리아
거버네스

리제롯테를 모시는
시녀장이자 마검술사
세리아와는
학생 시절부터 친구

스메라기
사츠키

이세계 전이자이며
미하루 일행의 친구
가르아크 왕국의
용사로 움직인다

실비
루비아

루비아 왕국의 제1 왕녀
왕족이자 공주기사라는
이명을 가진 무인

레이스

거듭 암약하는
정체불명의 인물
계획을 어그러뜨리는
리오를 경계한다

루시우스

리오의 어머니를
살해한 남자
용병단 '천상의 사자'를
지휘한다

리오(하루토 아마카와)

어머니를 죽인 원수에게 복수하기 위해
살아가는 이 작품의 주인공
벨트람 왕국이 지명수배를 내려 가명인 하루토로 활동 중
전생은 일본인 대학생 아마카와 하루토

아이시아

리오를 하루토라고
부르는 계약 정령
희귀한 인간형 정령이지만,
본인의 기억은 애매모호

세리아 크렐

벨트람 왕국의 귀족 영애
리오의 학원시절 은사인
천재 마도사

라티파

정령의 마을에 사는
여우 수인 소녀
전생은 초등학생인
엔도 스즈네

사라

정령의 마을에 사는
은늑대 수인 소녀
리오 곁에서 바깥 세상
견문을 넓히는 중

아르마

정령의 마을에 사는
엘더드워프 소녀
리오 곁에서 바깥 세상
견문을 넓히는 중

오피아

정령의 마을에 사는
하이엘프 소녀
리오 곁에서 바깥 세상
견문을 넓히는 중

아야세 미하루

이세계 전이자인 고등학생
하루토의 소꿉친구이며
첫사랑인 소녀

센도 아키

이세계 전이자인 중학생
이부남매인 하루토를
미워한다

센도 마사토

이세계 전이자인 초등학생
리오에게 미하루, 아키와
함께 보호받는다

등장인물소개

믿다.

이 세상이.

이 세상의 모든 것이.

나는 믿다.

그래서 결정했다.

맹세했다.

상냥함이 이상(理想)에 지나지 않다고 깨달은 그 날.

부조리하게 모든 것을 잃은 그 순간.

배신당해 모든 것을 빼앗긴 그때.

어리석은 인류가 판치는 이 세상을 끝내겠다고.

복수하겠다고.

나는 그럴 수 있다.

그럴 권리가 있다.

그럴 수 있는 저주스러운 힘이 있다.

그러니까 없애자.

이런 세상은 가치가 없다.

이미 주사위는 던져졌다.

아니, 다름 아닌 내가, 이 손으로 던졌다.

이제는 돌이킬 수 없다.

돌이킬 생각도 없다.

나는 이 세상을, 인류를 용서하지 않겠다.

그리고 무엇보다 다름 아닌 나 자신을 용서할 수 없다.

그러니까 나는 그저 한결같이······.

파멸로 나아가자.

그것이 나에게 내리는 벌이기도 하다.

그 사람을 구하지 못한, 나에게 내리는······.

【 제 1 장 】 ❈ 가르아크 왕국에서의 나날

가르아크 성. 명예기사가 된 리오가 하루토 아마카와로서 국왕 프랑수아에게 하사받은 성터에 있는 저택.

리오가 바위집 사람들과 함께 저택에서 지낸 지 열흘이 지난 오후의 일이다. 제2 왕녀 샤를로트 가르아크는 이날도 리오 일행을 찾아왔다. 사츠키, 리제롯테, 크리스티나와 플로라도 동행했다.

"오늘은 하루토 님과 세리아 님에게 의뢰할 게 있어서 왔답니다."

샤를로트가 차로 목을 축이고 맞은편 소파에 앉은 리오와 세리아에게 설명했다.

"저희에게요?"

얼굴을 마주 보는 리오와 세리아의 말이 겹쳤다.

"네. 국가의 정식 의뢰이니까 당연히 보수도 드리고, 임기도 왕도에 머무는 동안만 하셔도 됩니다. 이 점 알아두시고 이제부터 할 이야기를 검토해주셨으면 해요."

어디까지나 이 의뢰는 임의예요, 라고 샤를로트가 운을 뗐다.

"……대체 어떤 일인가요?"

"두 분이 어떤 장소에서 임시 강사를 맡아주셨으면 해요. 세리아 님은 가르아크 왕립학원에서 마술 특별 강의를, 하루토 님은 우리 쪽에서 모은 사람들에게 근접전투 특별 강의……라기보다는 지도를 맡아주셨으면 합니다."

"……벨트람 왕립학원에서 강사였던 세리아는 그렇다 쳐도 저는 강의해 본 경험이 없는데요?"

"후후, 그건 기우예요. 하루토 님의 능력이라면 강사가 되기에 아무 문제가 없다고 확신해요."

리오가 자신 없게 말했지만, 샤를로트는 자신만만하게 보증했다.

"대단히 영광입니다만, 저는 가르아크 왕국의 검술이나 무예에 정통하지 않아요."

"그것도 문제없습니다. 하루토 님에게는 이제 막 기술을 습득하는 사람들에게 기초적인 기술을 지도하는 게 아니라 전투 경험을 쌓은 사람들에게 실전적 지도를 의뢰하는 거니까요. 주로 쓰는 무기도, 유파도 다른 사람들이 참가할 예정이랍니다."

"……그렇군요."

리오는 조금 고민하며 맞장구쳤다. 전투를 아예 몰랐던 마사토와 동포끼리 다툼이 없어서 대인 전투 경험이 부족했던 정령의 주민의 마을 전사들을 상대로 대인전 기술을 가르친 적 있지만, 노하우를 잘 아는 가르아크와 레스토라시온의 직업군인이 상대라면 사정이 달라진다. 당연히 그 중에는 귀족계급도 있을 테고 그런 사람들을 얼마나 가르칠 수 있을지 자신이 없었다.

"하루토 님은 책임감이 강하셔서 쉽게 승낙할 수 없다는 거 알아요. 그런데 그렇게 어렵게 받아들이지 마시고 참가자들과 모의전…… 가볍게 대련한다는 기분으로 생각해주시겠어요? 이런 이야기를 꺼낸 건 명예기사인 하루토 님과 대련하고 싶다는 요청도 있었기 때문이에요."

"대련 정도라면 거절하지 않겠습니다만…… 강의에 몇 명이나 올 것 같으십니까?"

"한 강의의 수강자는 많아도 스무 명 정도로 한정하려고 해요. 그때그때 한가한 사람이 출석할 것 같은데 누가 출석할지는 제가 책임지고 선정할 테니 안심하세요."

출석자가 이상한 짓을 못하게 할 테니 걱정할 것 없다는 듯이 샤를로트가 자신만만하게 웃었다. 역시 샤를로트라고 해야 할까, 리오가 우려하는 사항을 확실하게 파악한 모양이었다. 샤를로트의 용의주도함에 감탄했는지 리오의 표정이 재미있는 듯 조금 풀어졌다.

"한 명씩 대련하려면 사람이 적은 편이 좋겠지만, 출석자끼리 대련해도 된다면 그 인원으로도 괜찮을 것 같네요."

"일대일이든 다대일이든 다대다이든 강의 내용은 그때그때 참가자 수를 고려해서 하루토 님이 임기응변으로 바꿔서도 돼요."

"그렇군요, 그거라면……."

어찌어찌 강의 체제를 유지할 수 있을지도 모르겠다. 출석자가 만족할지 말지는 다른 문제지만…….

"일단 첫 출석 예정자는 대강 정해졌으니 시험 삼아 한 번이라도 지도해보시겠어요? 해보고 다음 지도를 계속 지도할지 말지 판단하셔도 괜찮습니다."

샤를로트가 권했다. 아무래도 리오가 승낙만 하면 첫 강의를 개최할 수 있는 상태까지 절차를 밟은 모양이었다. 이렇게까지 신경 쓰고 제안하니 리오도 거절하기 어려웠다. 그보다 여러모로 신경 써주는 샤를로트에게 보답할 수 있을 것 같았다.

"……알겠습니다. 그럼 시험 삼아 해보죠."

리오는 의뢰를 받아보기로 했다.

"감사합니다. 하루토 님이라면 그렇게 말씀하실 줄 알았어요. 그럼 첫 강의는 개최하는 거네요. 기대돼요, 하루토 님의 용맹한 모습을 또 볼 수 있다니."

샤를로트가 들뜬 목소리로 기뻐하며 웃었다.

"샤를, 의욕이 넘쳤지."

"후후, 사츠키 님도 재미있겠다고 말씀하셨잖아요."

같이 있으면서 지금까지 묵묵히 듣고 있던 사츠키가 키득키득 웃으며 대화에 끼었다. 샤를로트도 기분 좋게 대답했다.

"그런데 첫 훈련에는 어떤 분이 참가할 예정인가요?"

리오가 사츠키를 보며 물었다.

"우선 사츠키 님도 참가하세요. 그리고 가르아크에서 제 호위를 맡은 근위기사 몇 명, 리제롯테를 따르는 시녀 몇 명. 레스토라시온에서도 크리스티나 님과 플로라 님을 호위하는 기사 분들이 참가할 예정이에요."

샤를로트가 크리스티나와 리제롯테에게 눈길을 보내며 말했다.

"샤를로트 왕녀님이 이야기해주셨습니다. 레스토라시온에서는 바네사와 부하 몇 명이 신세 질 예정입니다. 민폐일지도 모르지만, 잘 부탁드립니다, 아마카와 경."

크리스티나가 인사하고 말했다.

"제 쪽에서는 왕도에 동행한 시녀 몇 명이 참가합니다. 저도 잘 부탁드립니다."

리제롯테도 꾸벅 머리를 숙이고 말했다.

"그러면 아는 분도 몇 명 있겠네요……."

리오는 여성만 있을 거 같아서 조금 마음에 걸렸다.

"알겠습니다. 얼마나 가르칠 수 있을지 모르겠지만, 저야말로 잘 부탁드려요."

리오가 자세를 바로잡고 인사했다.

"하루토 님만 괜찮으시다면 며칠 내로 첫 강의를 할 수 있을 듯한데 어떠세요? 오전, 조식 후부터 정오 지났을 무렵까지로 조정할 생각인데……."

"그 시간대라면 내일부터도 가능해요."

"정말요? 그럼 당장 내일부터 하죠. 저택 분들도 참가하거나 견학하실 거면 뒤뜰이 어떨까요? 오전 아홉 시쯤에 이곳으로 오겠습니다."

샤를로트가 동석한 라티파 일행을 보았다.

"네, 저는 꼭 견학하고 싶어요!"

라티파가 힘차게 손을 들었다.

"하루토 씨의 가르침을 받을 수 있다면 저는 배우는 쪽으로 참가하고 싶습니다."

"저도 관심 있어요."

사라가 슬그머니 손을 들며 말했고 근접전투파인 아르마도 이어서 말했다.

"그럼 두 분도 참가해주세요. 괜찮으시죠?"

샤를로트가 흔쾌히 승낙하고 리오에게 물었다.

"네, 물론이죠. 그럼 두 분은 수강하다가 상황에 따라 보조를 맡아주시겠어요?"

"네!"

"맡겨주세요."

리오의 부탁으로 사라와 아르마도 참가하기로 했다.

"그리고 아이시아도."

"응, 좋아."

아이시아가 흔쾌히 승낙했다.

"그럼 하루토 님의 특별 지도 이야기는 이쯤 하죠. 세리아 님도 특별 강의를 맡아주시겠어요?"

샤를로트가 만족스럽게 이야기를 마무리하고 세리아의 의중을 떠봤다.

"몇 가지 확인해주셨으면 하는데 여기 계신 건 크리스티나 님도 아신다고 생각해도 되는 거죠?"

"네. 세리아 선생님은 지금 아마카와 경 밑에 계시니 두 분의 판단에 맡기겠습니다."

크리스티나가 세리아의 물음에 대답했다.

"감사합니다. 그런데 어떤 강의를 하면 좋을까요?"

세리아가 샤를로트에게 물었다.

"어떤 강의든 상관없지만, 학원 초등부 고학년부터 중등부 학생용 강의를 생각해주셨으면 해요. 강의가 이어지지 않아도 괜찮습니다. 강의가 여러 차례 이어져도 괜찮습니다. 그건 하루토 님이 가르아크 왕국에 머무는 일수를 고려해서 상의해주세요."

"앞으로 한 달은 이곳에 머물 예정입니다. 혹시 세리아가 받아들일 생각이면 강의 위주로 일정을 짜주세요."

리오가 가르아크에서 머무는 기간을 말했다.

"그러면 승낙하는 쪽으로 진행해주세요. 강의 내용을 생각해볼게요."

이리하여 세리아의 특별 강의도 열리게 되었다.

다음 날 오전. 리오에게 근접전투 지도를 받기 위해 조직의 장벽을 초월한 인재들이 저택에 발을 들였다.

안내도 겸해서 앞서 걷는 가르아크 왕국의 제2왕녀 샤를로트. 그녀의 시녀와 호위를 맡은 기사들이 그녀를 뒤따랐다.

그리고 옆에서 걷는 레스토라시온의 크리스티나와 플로라. 두 사람의 뒤에는 마찬가지로 두 명의 시녀와 바네사를 포함한 기사 몇 명이 있었다.

그리고 왕녀들의 조금 뒤에서 걷는 가르아크 왕국의 공작 영애 리제롯테. 그녀의 뒤에는 시중과 호위를 겸한 시녀들…… 아리아, 코제트, 나탈리가 있었다.

문 앞에는 가르아크 왕국을 섬기는 근위기사단 소속 기사 둘. 리오에게는 가신이 없고 용사인 사츠키와 왕녀인 샤를로트의 출입이 잦아 저택 경비는 근위기사단의 일이 되었다.

참고로 리오가 하사받은 저택은 성터에 지어져서 공간이 한정됐다. 그래서 정문 바로 앞에 건물이 있었다. 대신 남의 눈이 닿지 않는 사적인 공간으로 넓은 뒤뜰이 있는데 무기를 들고 대련하기에 부족하지 않을 정도로는 여유로웠다.

샤를로트 일행의 방문에 대비해 정문 정원에 설치한 가제보(차 모임이나 경치를 즐기기 위해 만든 지붕과 기둥만 있는 간단한 건축물)에서 휴식 시간을 보내던 리오 일행(사츠키는 어젯밤부터 저택에 머물러서 리오 일행과 함께 있다)이 손님을 발견했다.

"여러분, 잘 오셨어요."

"안녕하세요, 하루토 님. 약속대로 왔습니다."

"기다리고 있었습니다."

리오는 샤를로트 일행에게 다가가 가슴에 오른손을 얹고 일행을 맞이했다.

"지금 막 왔지만, 준비되셨으면 지도를 시작해주세요."

시간이 촉박한지 도착하자마자 본론에 들어갔다.

"알겠습니다. 그럼 뒤뜰로 가시죠."

리오가 앞장서서 뒤뜰로 이동했다. 뒤뜰에는 정문에 있는 것보다 큰 가제보가 있었는데 일단 그곳으로 걸음을 옮겼다. 어제 옮긴 모의전에 사용할 나무로 만든 무기가 가제보 앞에 세워져 있었다.

"견학할 분은 가제보에 계세요. 참가할 분은 거기 있는 무기 중 자신 있는 걸 골라 이쪽으로 오세요."

리오는 세워져 있는 목검을 들고 조금 떨어진 위치로 향했다. 그러자 아이시아와 사츠키도 나무 창을 들고 리오를 따라갔다. 사라가 나무 단검 두 자루를 집었고 아르마가 목제 메이스를 들고 뒤따랐다.

그리고 다른 참가자들(바네사와 아리아, 코제트, 나탈리 등)도 각각 익숙한 무기를 들고 뒤를 이었다.

"여러분은 이쪽으로 오세요."

한편, 세리아는 샤를로트와 크리스티나를 가제보로 안내했다. 가제보 안에는 테이블과 의자가 있었다. 샤를로트와 크리스티나의 종자를 제외한 사람들은 그곳에 앉아 리오 일행을 바라보았다.

리오 일행은 이미 가제보에서 충분히 멀어졌다.

"이쯤에서 하죠."

앞서 걷던 리오가 멈춰서 참가한 근위기사들과 시녀들(바네사와 아리아 일행)을 마주 보았다. 아이시아, 사라, 아르마는 리오 곁에 섰다.

"나는 이쪽에 있으면 되지?"

"네."

리오에게 확인받고 사츠키도 아리아 일행 사이에 섞였다.

'참가자는 사츠키 씨와 가르아크 왕국의 근위기사 부대에서 다섯 명, 레스토라시온의 근위기사 부대에서도 다섯 명, 리제롯테 씨의 시녀 부대에서 세 명. 그리고 아이시아와 사라 씨와 아르마 씨. 총 열일곱 명. 정말 다 여자네……'

리오는 일동의 얼굴을 둘러보고 조금 겸연쩍은 표정을 지었다. 여성 그룹 사이에서 혼자 남자면 제법 피곤했다. 가제보에서 견학하는 사람들도 전원 여성이라 여학교에 혼자 들어온 기분이 들었다.

다만 샤를로트가 참가자를 여성으로 한정한 것은 다름 아닌 리오를 위해서……라기보다는 저택에 사는 미하루와 라티파 일행을 위한 것임을 리오도 알았다. 귀족에 익숙하지 않다는 말을 들었고 이성보다 동성이 덜 불편하리라 배려해준 것이다. 그리고 이 자리에는 평소에 샤를로트와 크리스티나를 호위하는 사람들이라 낯익은 사람이 많았다.

"샤를로트 님의 의뢰로 근접전투를 지도하게 되었습니

다. 하루토 아마카와입니다."

대화를 나눈 적 없는 사람도 많아서 리오가 자신을 소개했다. 참가자들의 시선이 쏠렸다. 누구는 호기심 어린 시선으로, 누구는 동경하는 시선으로, 누구는 실력을 헤아리는 시선으로…….

"여기 있는 세 사람은 제 친구인 아이시아, 사라 씨, 아르마 씨. 제 보조 역할도 겸해서 강의에 참여합니다. 평소에 자주 대련도 하고 모두 실력은 확실합니다. 그리고 용사 사츠키 님도 함께 여러분과 함께 참여하게 되었습니다."

리오가 소개하자 사라와 아르마가 꾸벅 고개를 숙였다.

"사츠키입니다. 용사라든가 딱딱한 건 잊고 대해줬으면 좋겠어요. 잘 부탁합니다."

사츠키가 자신을 소개하고 용사의 지위는 잊고 대해달라고 다른 참가자들에게 말했다. 그러나 입장 상, 곧이곧대로 그 말을 받아들일 수는 없으니 모두 정중하게 고개를 숙였다.

'직접 대련하며 관계를 만드는 수밖에 없나.'

그 모습을 보고 사츠키가 가볍게 쓴웃음 지으며 생각했다.

"이 강의 목적은 근접전투 지도이니 모의전에 중점을 두겠습니다. 제가 여러분을 가르칠 수 있을지 솔직히 자신 없습니다. 하지만 의뢰를 받았으니 책임지고 역할을 다하고자 하니 잘 부탁드립니다. 이제…… 시간도 한정되어 있으니 시작할까요?"

리오가 강의를 시작한다고 선언했다. 어떤 식으로 가르칠지 어제 생각하긴 했지만, 남에게 무엇을 가르쳐준 경험이 부족했다. 어림짐작으로 하는 수밖에 없었다. 새삼스레 의식하게 됐는지 조금 긴장해서 표정이 굳었다.

"강의를 시작하기에 앞서서 여러분의 실력을 파악하고 싶으니 저와 한 명씩 대련하겠습니다. 대전자의 실력을 파악하면 중단할 건데 유효타를 때려도 종료하겠습니다. 그러니 제게 한 방 먹일 생각으로 싸워주세요. 마법이나 마술은 신체 능력 강화만 인정합니다. 시작 신호가 필요한데 사라 씨, 심판을 부탁해도 될까요?"

"네. 맡겨주세요."

리오의 부탁에 사라가 한 걸음 앞으로 나갔다. 바로 대련을 시작한다는 말에 참가자들이 긴장했다. 무인으로서 수많은 무공을 세운 리오와의 대련은 매력적이었다. 참가자들의 실력을 알고 싶어 하는 리오와 마찬가지로, 혹은 그 이상으로 리오의 실력을 알고 싶어 했다.

"그럼 첫 상대는……."

누구로 해야 할까. 리오는 참가자를 둘러보았다.

"제게 기회를 주십시오."

"당신은……."

가르아크 왕국 소속 근위기사가 제일 먼저 손을 들었다. 손을 든 여성에게 주목이 쏠렸다.

나이는 20대 초반 정도. 평상시 샤를로트를 호위하고 가끔 실력을 헤아리는 듯이 쳐다본 적이 있어서 인상에 남았다.

"가르아크 왕국 근위기사단 소속, 샤를로트 님의 친위대장을 맡은 루이즈 섀런입니다."

"그럼 첫 상대는 섀런 경으로. 처음 뵙는 건…… 아니지만, 제대로 인사하는 건 처음이네요. 잘 부탁드립니다."

"저야말로."

루이즈는 가볍게 고개를 끄덕여 리오에게 대답했다.

"그럼 이쪽으로 오세요."

리오가 앞장서서 일행과 거리를 벌렸다. 루이즈는 리오의 뒷모습을 응시하며 뒤따라갔다.

―루이즈. 내일 특별 지도 때 누구보다 네가 먼저 하루토 님과 대련하도록 해. 대장인 네가 지면 네 부하도 하루토 님을 인정하지 않을 수 없잖아?

어제 샤를로트가 한 말이 떠올랐다. 하루토의 승리를 눈곱만큼도 의심하지 않는 발언에 무인의 자존심에 상처가…… 나지 않았다. 근위기사인 루이즈 섀런에게 왕족이자 경호대상인 샤를로트의 말은 절대적이었다. 샤를로트가 까맣다고 말하면 흰색도 검은색이 된다.

다만, 하루토 아마카와라는 인물에게 아무 생각이 없는 것도 아니었다.

'하루토 아마카와 경. 샤를로트 님이 좋아하시는 사람…….'

루이즈는 샤를로트를 숭배했다. 그리고 아꼈다. 샤를로트가 훨씬 어릴 적부터 경호를 맡아 자라는 모습을 지켜보았다. 불경해서 마음속에 숨기고 있지만, 예쁘지 않을 리가 없었다. 샤를로트를 사랑한다고 해도 될 만큼. 그만큼 샤를로트를 아꼈다.

그런 샤를로트가…….

─루이즈. 하루토 님은 언제 돌아오실까?

─루이즈. 하루토 님은 대단해.

─루이즈. 오늘 하루토 님이 말씀하셨는데…….

사랑에 빠진 소녀의 얼굴로 루이즈에게 매일같이 한 남자 이야기를 했다. 아끼는 사람이 다른 누군가를 좋아하게 된 것이니 그 누군가에게 아무 생각이 안 들 수 없었다.

그리고 루이즈의 열의는 동료인 부하들에게도 전파되어 샤를로트의 친위대 소속 기사들은 리오를 보면 마음이 복잡했다.

따라서 루이즈는 '샤를로트 님을 행복하게 해드릴 수 있겠지? 다른 여자에게 손대면 가만 안 둔다? 아니, 이렇게 예쁜 샤를로트 님에게 손대면 가만 안 둔다?'라고 말하는 듯한 눈빛으로 리오를 바라보았다. 멀리서 루이즈의 부하들도…….

'하아, 재미있겠어.'

샤를로트는 자신의 친위대가 무슨 생각을 하는지 알고 상황이 어떻게 흘러갈지 즐겁게 지켜보았다.

'눈빛이 강렬한 사람이네…….'

당사자인 리오는 그들의 생각은 꿈에도 모르고 루이즈

와 마주 서서 조금 겸연쩍은 표정으로 시선을 받았다.

"《인챈트 피지컬 어빌리티》. 섀런 경도 신체 능력을 강화하세요."

생각을 환기하고 주문을 외워 착용한 마도구 팔찌에 담긴 마술로 신체 능력을 강화했다. 술식이 떠오르고 리오의 몸이 빛에 휩싸였다. 정령술로 강화하면 신체 능력이 너무 오르니 발동하는 척하다가 취소하는 짓은 하지 않았다. 정말로 조건을 대등하게 했다.

"네, 《인챈트 피지컬 어빌리티》."

루이즈는 마도구에 의지하지 않고 자신이 습득한 마법으로 강화했다.

"대련 규칙은 조금 전에 설명한 그대로입니다. 제게 한방 먹일 생각으로 무기든 무술이든 마음껏 쓰세요."

"알겠습니다. 건성으로 할 생각은 털끝만큼도 없습니다."

적의까지는 아니지만, 루이즈가 리오를 빤히 쳐다보며 고개를 끄덕였다.

"네, 부탁드립니다."

"……."

한편, 리오는 산뜻하게 웃으며 대답했다. 그러자 조금 독기가 빠졌는지 루이즈가 난감한 표정을 지었다.

"그럼 슬슬 시작할까요? 사라 씨. 시작 신호 부탁합니다."

리오는 루이즈의 작은 표정 변화를 마음에 담지 않고 사라에게 말했다.

"네. 그럼 다섯을 세면 시작입니다. 준비되셨죠?"

"네." "언제든지."

사라의 물음에 두 사람이 고개를 위아래로 끄덕였다.

"5, 4, 3, 2, 1, 시작!"

드디어 대련이 시작됐다.

"……."

루이즈는 신호와 동시에 말없이 힘차게 달려 리오에게 접근했다. 5미터 정도였던 두 사람의 거리가 순식간에 좁혀졌다. 루이즈는 군더더기 없는 동작으로 목검을 휘둘러 리오를 베려고 했다.

리오는 궤도를 완벽하게 간파해 루이즈의 목검에 충분한 힘이 실리기 전에 파고들어 쳐냈다. 루이즈도 앞으로 파고들려고 무게중심을 둔 지라 검이 튕겨 나가며 자세가 무너져 공격 기세가 죽었다.

멋진 타이밍에 들어온 패링이었다. 조금이라도 패링 타이밍이 늦었으면 루이즈도 앞으로 체중을 실어 뒤로 쳐내지 못했을 것이다.

'윽…… 위험해. 카운터가 온다.'

시작하자마자 패배를 예감한 루이즈는 식은땀이 흘렀다. 그러나 리오는 파고들지 않고 오히려 살짝 물러나 목검을 고쳐 잡았다.

"……지금, 왜 공격하지 않았습니까?"

루이즈가 의아해하며 물었다. 한순간이었지만, 자세를

고치며 빈틈이 생기고 말았다. 리오가 그것을 놓칠 상대가 아니라는 건 조금 전의 패링으로 알 수 있었다. 그래서 의문이었다.

"이건 루이즈 씨의 실력을 알기 위한 대련이지 이기는 게 목적이 아니니까요."

"……솔직히 첫 공격에 상당한 실력 차이를 통감했습니다만……. 상황을 보려고 한 공격이긴 하지만, 한심했습니다."

루이즈가 부끄러운 표정으로 말했다. 어느 정도 실력이 있기에 더 높이 있는 상대와 실력 차이가 얼마나 나는지 잘 알았다.

"그렇지 않아요. 군더더기 없이 날카로운 움직임이었습니다. 그만큼 동작을 예측하기도 쉬웠지만……. 제가 조금만 늦었으면 카운터 타이밍을 못 만들었을 거예요."

리오가 아무렇지 않게 말했다.

'한순간이라도 타이밍이 어긋났으면 카운터 기회가 없었습니다. 그래서 그 타이밍을 노리고 검을 댄 건 믿기 어렵지만…… 아무리 생각해도 노리고 한 겁니다. 대체 어떤 전투 센스를 가지고 있는 걸까요? 상상 이상의 실력입니다.'

신체 능력을 강화하고 검을 휘둘러서 그 타이밍은 콤마 1초도 안 됐으리라. 루이즈는 분석하고 말을 잃었다.

"더 없으면 대련을 재개하죠. 자, 거리끼지 말고 오세요."

"……알겠습니다."

딱딱하게 고개를 끄덕인 루이즈는 크게 심호흡하고 머

리를 환기했다.

◇ ◇ ◇

　몇십 분 후.
　리오는 참가자들과의 대련을 속속 이어갔다. 벌써 열한 명과 대전을 끝냈지만, 리오에게 한 방 먹인 사람은 한 명도 없었다. 지금은 열두 번째 상대인 리제롯테의 시녀 나탈리와 대련 중이었다.
　'가르아크 왕국과 레스토라시온의 근위기사 열 명과 쉬지 않고 대련하고 모두 이기다니 기가 막히는군. 그건 그렇고 크레티아 공작가의 시녀도 소문대로 실력이 상당한데…….'
　루이즈는 감탄과 기막힘이 뒤섞인 미소를 지으며 무난하게 연전연승하는 리오를 잡아먹을 듯이 관찰했다. 다른 근위기사들도 말수를 줄이고 진지한 표정으로 관전했다. 지금 이곳에는 무인으로서 실력을 갈고닦은 사람뿐이었다. 리오를 이기지 못한 게 분해서 흡수할 수 있는 동작을 찾아 눈을 빛냈다.
　한편, 코제트와 아리아는 동료가 싸우는 모습을 나란히 관전했다.
　"멋지게 싸우는걸, 나탈리."
　"당신도 조금 전에 멋지게 싸웠잖아요."
　아리아가 지적했다. 그렇다. 이미 리오와 대련을 치른

코제트는 쓸데없이 체력을 소모하는 바람에 반전 없이 끝났다.

"그랬지. 그런데 강한 줄은 알았지만, 마검 없이 순수한 검술만으로 저렇게나 강하다니……. 쌓아 올린 명성은 진짜였어. 직접 싸워 보니 상상 이상의 실력 차이를 느꼈다니까. 대단해, 정말로."

코제트는 손쓸 틈도 없이 당한 걸 신경 쓰기는커녕 황홀한 표정으로 리오를 바라보며 말했다. 아리아가 기막혀하는 눈빛으로 자신의 동료를 바라보았다.

"당연하죠. 검술이 조금 뛰어난 정도로는 마검이 있어도 왕의 검을 쓰러뜨릴 수 없습니다. 재능과 노력. 둘 다 있지 않으면 저 나이에 저 정도 영역에 도달하는 건 불가능해요……."

"노력하는 천재인가. 같은 천재인 너라면 한 방 먹일 수 있을까?"

"……저는 천재가 아니지만, 직접 검을 맞대보지 않으면 모르겠네요."

천재라는 말을 듣는 걸 좋아하지 않는지 아리아가 살짝 얼굴을 찌푸리며 대답했다.

"다음은 네 차례야. 괴물같이 강한 우리 시녀장과 하루토 님. 누가 강한지 기대하며 구경할게. 봐, 곧 끝나겠어."

코제트가 대련을 보며 말했다. 나탈리는 두 자루의 나무 단검을 들고 과감하게 리오에게 달려들었다. 리오는 나탈리의 움직임을 관찰하고 싶은지 반격에 소극적이라 나탈리가 거의 일방적으로 공격하는 형국이었다.

그러나 리오가 최소한의 움직임으로 공격을 피해서 연속으로 싸우는 리오보다 나탈리의 숨이 더 가빴다. 리오가 대련을 끝내는 건 시간문제였다.

"공격이 안 통해서 울컥했네. 쟤는 지기 싫어하니까."

단검을 휘두르는 나탈리의 표정은 진지했지만, 가까이에서 봐도 울컥한 거 같지는 않았다. 그러나 동료인 코제트의 눈을 속일 수는 없었다.

그때.

"여기까지 하죠."

"……네."

리오가 검을 내리고 나탈리에게 대련을 중단하자고 했다. 나탈리는 더 싸우고 싶은 표정이었지만, 잘 따르는 성격인지 단검을 내리고 고개를 위아래로 흔들었다.

"나중에 대련할 기회가 있을 테니 이다음은 그때 해요."

리오가 나탈리의 얼굴에서 감정을 읽었는지 입꼬리를 올리며 말했다.

"네, 네."

들켰구나. 나탈리가 창피해하며 고개를 끄덕였다.

"마지막은 아리아 씨. 부탁드립니다."

리오가 큰소리로 떨어진 곳에 있는 아리아를 불렀다.

나탈리가 자리를 뜨고 교대하듯 아리아가 다가왔다. 5미터 정도 거리를 두고 멈췄다.

"잘 부탁드립니다."

"저야말로."

아리아가 정중하게 인사하자 리오도 마주 인사했다.

"준비되면 다섯까지 세고 대련을 시작하겠습니다. 마법이나 마술로 신체 능력을 강화해주세요."

"저는 언제든 괜찮습니다. ≪인챈트 피지컬 어빌리티≫."

"저도 문제없습니다. ≪인챈트 피지컬 어빌리티≫."

리오와 아리아가 신체 능력을 강화했다.

"그럼 숫자 세겠습니다. 다섯, 넷, 셋, 둘, 하나, 시작!"

사라의 신호로 두 사람의 대련이 시작됐다.

아리아는 시작과 동시에 리오에게 달려들었다. 움직였다는 생각이 들자마자 순식간에 공격 범위에 들어온 리오를 향해 목검을 휘둘렀다. 아마추어는 물론, 어느 정도 훈련받은 전사여도 반응하기 어려운 멋진 움직임이었다.

리오도 목검을 휘둘러 공격을 쳐냈다. 그러나 첫 공격을 막은 정도로 아리아는 멈추지 않았다. 재빠르고 아름답게 검을 휘둘러 리오를 공격하려고 했다. 그 모습을 보고 심판을 맡은 사라가 감탄하며 눈을 크게 떴다.

'……역시 참가자 중에서는 아리아 씨가 제일 강해.'

그리고 리오도 아리아의 실력을 절절히 느꼈다. 리제롯테의 시녀인 나탈리와 코제트도 근위기사단 대장급인 바네사와 루이즈 정도로 강했지만, 아리아의 검사로서의 기량은 왕의 검인 알프레드에게 필적했다. 공작가 영애인 리제롯테의 시녀장으로 뽑힐만한 실력이었다.

'아리아 씨는 아이시아가 상대해야겠는데. 사라 씨와 아르마 씨 둘과 붙으면 좋은 승부가 될지도 모르겠어.'

리오가 아리아의 공격을 피하며 생각했다. 정령술 사용 제한이 없으면 결과가 달라질 수도 있겠지만, 같은 조건으로 대련하면 사라와 아르마도 아리아를 당해내지 못할 것이다.

리오와 아이시아를 제외하고 랭킹전으로 싸우면 아리아가 단연 톱이고 다음으로 사라와 아르마. 그 밑에 나탈리, 코제트, 바네사, 루이즈가 들어가겠다. 그리고 그 아래로 근위기사단의 일반 단원들이 차례로 오를 터였다.

참고로 사츠키는 신장을 현현하지 않아도 신장으로 신체 능력 강화가 발동했다. 다른 참가자들과 조건이 똑같을 수 없어서 랭킹 예상 순위에 넣을 수 없지만, 신장, 정령술, 마검으로 신체를 강화하고 제한 없이 대련하면 상위에 오를지도 모르겠다.

성의 저택에 지내게 되며 사츠키와 여러 번 대련했는데 단기간에 눈부신 성장을 이루었다.

'정말 강해…….'

그래도 지금의 사츠키는 아리아를 이기기 어려웠다. 그만큼 아리아의 기량은 탁월했다. 동작 하나, 하나가 깔끔하고 군더더기가 없으며 움직임을 예상하기 어렵게 능숙하게 기술을 구사했다.

'치마를 입어서 거리를 예상하기 어려워. 급사복을 입고 싸우는 시녀라니 제법 기발해. 무기 사용을 전제로 생각하면 합리적인 전투복일지도? 맨손으로 싸우면 쉽게 잡히겠지만……'

예를 들어 숙련된 전사는 신체 예비 동작으로 상대의 움직임을 간파한다. 파고들기나 발차기 타이밍 등 발놀림은 특히 중요한 시각 정보였다. 그래서 예고가 되는 신체 예비 동작을 일부러 속임수로 이용하거나 예비 동작을 숨기는 기술을 습득하는데 발놀림을 숨기기 위해 긴 치마를 입는 건 좋은 방법이었다. 리오도 평소에는 긴 코트를 착용해서 발놀림을 보기 어렵게 하는데 가릴 수 있는 면적은 치마보다 못했다.

하지만 치마를 착용한 건 코제트와 나탈리도 마찬가지였다. 그 두 사람보다 아리아와 싸우는 것이 어렵다고 느낀 건 아리아의 기술이 그만큼 빼어나기 때문이었다. 치마로 발을 가리고 예비 동작을 읽히지 않는 기술을 완벽하게 구사해서 신체 능력 자체는 다른 사람들과 크게 다르지 않은데 다른 사람들보다 빠르다는 착각이 들었다. 심지어 그런 속도로 계속 최적의 행동을 했다.

다만 리오도 아리아에게 완벽하게 대응해서 두 사람의 대련은 다른 사람들보다도 훨씬 내용이 알찼다. 리오도 다른 사람들과 대련할 때는 기껏해야 몇 미터 정도 움직였지만, 지금은 크게 돌아다니며 아리아의 공격에 대처했다.

대련을 관전하는 사람들의 눈이 휘둥그레졌다.

특히 아리아의 실력을 아는 사람들은 몰라도 처음 본 사람들(주로 근위기사)은 넋이 나갔다.

"대단하군……."

"레이디 리제롯테 전속 시녀장의 실력이 대단하다는 소문은 들었지만……."

바네사가 아리아를 보며 중얼거렸다.

루이즈가 거기에 대답하듯이 이어서 말했다.

"저렇게 공격을 퍼붓는 아리아의 맹공을 완벽하게 피하는 하루토 님도 보통이 아니야……. 우리라면 몇 초 만에 질 텐데."

조금 떨어진 곳에서 대화를 듣고 있던 코제트가 중얼거렸다. 리제롯테의 시녀들은 매일 같이 훈련하는데 그 훈련을 시키는 게 시녀장인 아리아였다. 정기적으로 아리아와 일대일로 모의전을 치르는데 시녀들이 지옥 훈련이라며 무서워했다.

"이봐, 자네들. 누구인가, 그녀는?"

바네사가 나탈리와 코제트에게 물었다.

"우리 시녀장이에요. 이름은 아리아."

코제트가 어깨를 으쓱하며 대답했다.

"그건 자기소개할 때 들었네만…… 어떤 과거를 가진 사람인가? 벨트람 왕국 검술을 배운 것 같은데."

바네사가 이어서 물었다. 벨트람 왕국 검술을 익혔기에

유파가 같다는 것을 눈치챘다.

"음…… 본인이 숨기지 않았으니까 괜찮겠지? 벨트람 왕국의 자작 가문 출신이기 때문이에요."

전에 아리아가 얼굴을 아는 벨트람 왕국 소속 기사와 우연히 만났을 때 본인이 말해줬다.

"우리나라의 자작 영애였나. 그런데 어쩌다 가르아크 왕국의 공작 영애를……."

시녀로 모시게 되었는가. 자작 가문 태생에 저 정도 검술 실력이라면 근위기사단에 입단할 수 있었을 테고 틀림없이 출셋길을 걸었으리라. 왕족인 크리스티나나 플로라의 호위를 맡아도 이상하지 않을 정도였다. 아니, 맡길 바랐다. 바네사가 그런 표정을 지었다.

"사적인 이야기니까 나머지는 본인에게 들으세요. 본인이 전혀 신경 쓰지 않아서 숨기지 않겠지만, 사정이 있어서요."

"음, 그런가……. 아니, 그래, 그렇군."

분위기를 눈치챈 바네사는 그 이상 캐묻지 않았다. 그러나 국내 출신의 매우 유능한 인재가 타국으로 유출돼서 몹시 아쉬운지 안타까운 듯 입술을 앙다물었다.

그때, 방어에 전념하던 리오가 공격에 나섰다. 아리아가 휘두른 목검 궤도를 좇아 같은 방향으로 검을 휘둘러 아리아에게 반격했다. 아리아는 검이 내쳐지자 힘의 흐름을 따라 옆으로 뛰어 리오의 목검을 아슬아슬하게 피했다.

리오는 그대로 아리아에게 접근해 다시 공격했다. 지금까지 대련한 사람들에게는 리오가 적극적으로 공격하지 않았기에 관전하던 사람들이 조금 술렁였다. 그것은 아리아도 마찬가지였다.

"윽……!"

다른 참가자들 때처럼 적극적으로 공격하지 않을 줄 알았는지 아리아의 눈이 살짝 커졌다. 그러나 동요해서 무너지지 않고 리오의 공격에 대처했다. 뒷걸음치며 공격을 피하는 아리아를 향해 리오가 전진하며 춤추듯 검을 휘둘렀다.

리오의 공격도 훌륭해서 관전자들이 숨을 삼켰다.

"이쯤 할까요?"

그러나 딱 열 번 검을 맞대자 리오가 멈춰서 대련을 끝내자고 제안했다.

"……네."

아리아는 살짝 한숨을 내쉬듯이 대답하고 검을 내렸다.

"그럼 다른 분들 곁으로 돌아가죠."

"알겠습니다."

아리아는 걸음을 뗀 리오의 등을 바라보았다.

'정말 엄청난 소년이군요……. 검술 완성도도 그렇지만, 역전의 달인이 떠오를 정도로 전투 방식이 차분해요. 그런데 열여섯 살이라니 무시무시합니다.'

아리아는 연상인 자신이 휘두르는 검에 젊은이의 혈기가 들어갔나 하고 조금 어이없어했다.

'이런 상대와 마음껏 싸울 기회는 흔치 않습니다. 모처럼 생긴 기회이니 마음껏 즐기도록 하죠.'

아리아는 기쁘게 미소 지었다. 리오, 아리아, 그리고 심판을 맡은 사라가 근위기사들 곁으로 돌아왔다.

"대련해보고 여러분의 실력과 전투 스타일을 얼추 파악했습니다. 많은 걸 알게 돼서 과제에 포함해 강습할 예정입니다. 여러분이 지금보다 강해지는 게 이번 강습의 목적이니 일 대 일이나 다수 대 일, 다수 대 다수 등 모의전으로 실전에 도움이 될만한 걸 여러 가지 가르쳐드리겠습니다. 잘 부탁드립니다."

리오는 강의 방침을 말하고 모두의 얼굴을 둘러보더니 허리 숙여 인사했다. 리오가 고개를 숙이자 참가자들이 눈을 깜빡이다가 힘차게 대답했다.

"……네!"

"질문하실 분 있으세요?"

"네!"

힘차게 손을 든 사람이 있었다.

"뭔가요? 사츠키 씨."

"나랑은 대련 안 해?"

"사츠키 씨는 이 저택에 오고부터 자주 대련했잖아요. 그래서 사라 씨와 아르마 씨, 아이시아처럼 실력이 어떤지 알아요."

"으음……."

기대했는데, 라며 사츠키가 귀엽게 입을 내밀었다.

"사츠키 씨는 강의 시간이 아닐 때도 대련할 수 있으니까 그때 하죠."

"약속이다?"

"네."

리오가 난처한 듯 어깨를 움츠리면서도 웃으며 고개를 끄덕였다.

"좋았어. 기대할게."

사츠키도 생글생글 웃으며 기쁘게 대답했다. 근위기사와 시녀들은 대화하는 그들을 보고 두 사람이 친밀한 사이라는 걸 알아차렸다.

"그럼 시간이 아까우니까 대련한 걸 고려해서 다음 메뉴로 넘어갈까요?"

이후로 정오가 될 때까지 두 시간 정도 강의가 이어졌고 참가자들은 매우 유익한 훈련을 하게 되었다.

한편, 강의가 끝나기 한 시간 전에 견학하던 소녀들(미하루, 세리아, 라티파, 오피아, 샤를로트, 리제롯테, 크리스티나, 플로라)은 한발 먼저 저택 안으로 돌아갔다.

점심을 준비하고 어제 완성한 저택 욕실을 손님에게 선보이기 위해서였다. 왕족이 산다는 전제로 지은 저택이라

쓸데없이 컸다. 물론 기존 욕실이 있었지만, 리오가 나중에 저택을 비운 동안에도 사츠키가 목욕을 즐길 수 있게 개조했다.

집주인(거의 동거나 다름없는 사츠키, 샤를로트도 포함)은 어제 욕실을 이용했지만, 크리스티나, 플로라, 리제롯테는 쓰지 않았다. 그들도 욕실에 관심이 있어서 어느 정도 견학하면 세 사람을 욕실로 안내하기로 미리 이야기를 끝냈다.

미하루, 오피아, 라티파가 점심을 준비하는 동안 세리아, 샤를로트, 리제롯테, 크리스티나, 플로라가 먼저 욕실을 썼다. 시녀의 도움을 받아 탈의실에서 옷을 벗고 욕실 문을 열었다.

"와아아아……."

"훌륭해……."

플로라가 눈을 반짝였고 크리스티나도 감탄했다. 두 사람은 파라디아 왕국에서 가르아크 왕국으로 귀환하는 길에 바위 집에서 욕실을 이용한 경험이 있어서 놀라움보다 호기심과 감탄이 더 컸다.

다만 바위 집 욕실은 돌이지만, 이 저택의 욕실은 나무였다. 실내에는 벽, 바닥, 욕조에 목재를 양껏 써서 동양적인 느낌이 감돌았다.

"욕조가 훌륭하네요……."

리제롯테의 눈길을 제일 먼저 사로잡은 건 욕조였다. 슈트랄 지방의 일반적인 욕실은 몸을 닦는 곳이라 욕조도 몸을 씻을 물을 담는 용도로 얕고 작았다.

그러나 리오 일행이 새로 만든 욕조는 사람이 몸을 담그기 위한 것이라 깊었다. 그리고 열 명까지 들어가도 답답하지 않을 만큼 컸다. 뜨거운 물이 넘쳐흐를 듯 넘실거리고 김이 피어올랐다.

벽과 바닥, 욕조 전면에 깐 나무 타일이 밝은 인상을 줬고 창문을 열면 발코니로 뒤뜰을 볼 수 있어서 반 노천탕 기분을 맛볼 수 있었다.

리제롯테도 일본식 욕실을 잊을 수 없어서 아망드 저택에 작은 욕실을 만들었는데 세 명이 겨우 들어갈 만한 크기였다.

"원래 욕실이었던 이 방을 하루토 님과 아르마 님이 개조하셨어. 사츠키 님과 미하루 님이 계시던 세상의 욕실을 재현했다고 해."

어제 욕실을 이용한 샤를로트가 설명했다.

"정말 훌륭해……."

일본인이었던 전생의 기억이 되살아났는지 아니면 훌륭한 욕실을 보고 그냥 감동했는지 리제롯테가 탄성을 흘렸다.

'……그런데 잠깐만. 이 저택을 하사받은 지 아직 열흘 정도밖에 안 됐잖아? 이렇게 훌륭한 욕실을 고작 열흘 만에 만든 거야? 겨우 둘이서……?'

리제롯테는 문득 고개를 갸웃거리며 정신을 차렸다. 그

리고 새삼 욕실을 둘러보고 높은 완성도에 놀랐다. 서투르게 공사한 부분이 안 보이는 정도가 아니라 아마추어가 취미로 개조했다는 생각이 들 수 없을 만큼 만듦새가 깔끔했다. 어디서 목공 일을 배운 사람이 작업한 게 분명했다.

'검사로서는 초일류. 요리 실력도 훌륭하고 취미로 만든 술도 일품. 고도의 마술 지식도 있는 모양이고 목공 일도 할 수 있다니, 얼마나 재능이 많은 거야? 하루토 님.'

정말 재능이 많은 사람이라며 리제롯테는 감탄을 넘어기가 막힌 표정을 지었다. 상인 리제롯테의 관점에선 그만큼 매력적인 인물이었다. 하루토는 어느 분야든 재능이 있어서 장사에 활용하면 막대한 부를 쌓을 수 있었다.

따라서 이익을 추구하는 상인으로서는 적극적으로 교섭하는 게 정답이고 실제로 교섭하고 싶은 충동을 느꼈다.

'왠지 망설여진단 말이야. 뭐만 하면 장사 이야기로 연결하는 사람으로 여겨지기 싫다고 할까…….'

하지만 지금은 그런 이야기를 적극적으로 꺼내지 못했다. 상인 실격일지도 모르지만, 타산적인 관계를 쌓기 꺼려졌다. 이유는 리제롯테 본인도 잘 표현할 수 없어서 고민거리였다.

"왜 그러세요? 리제롯테 씨."

리제롯테가 욕실 입구에 멈춰 서서 이상했는지 세리아가 고개를 갸웃거리며 말을 걸었다.

"아, 아뇨, 욕실이 정말 훌륭해서……. 그런데 이런 시설은 운용하기 힘들지 않나요? 물은 마법으로 준비할 수 있 겠지만, 쓸 때마다 준비하려면 고생이고 물을 끓이는 것도 힘들 것 같은데요…….”

“역시 잘 보시네요. 괜찮다면 설명해드릴까요?”

“네, 부탁드려요.”

리제롯테가 힘차게 고개를 끄덕였다.

“그럼 씻으면서 하죠. 이리 오세요. 비누 쓰는 방법도 알 려드릴게요.”

세리아가 리제롯테를 씻는 곳으로 안내했다. 샴푸, 트리 트먼트, 보디클렌저 등을 사용하는 방법을 설명했다.

“……저기, 세리아 씨. 이런 비누는 대체 어디서 구하셨 어요?”

병에서 덜어낸 액체비누의 향을 맡고 리제롯테가 조금 망설이며 질문했다. 액체비누는 리카 상회에서도 개발해 서 파는데 이 욕실에 있는 비누는 리제롯테가 아는 향이 아니었다.

욕실 물을 정화하거나 데우는 마술도 궁금하지만, 일단 넘어갔다. 상인으로서, 여성으로서 비누가 너무 궁금했다.

“전부 하루토가 만든 거예요. 그 아이, 이런 쪽도 잘 알 거든요.”

“……정말 다재다능하지 않나요? 하루토 님.”

리제롯테는 놀란 나머지 조금 전에도 생각한 본심이 자 기도 모르게 밖으로 새어 나왔다.

"후후, 저도 그렇게 생각해요. 남에게 의지하지 않으며 살아서 그런지 뭐든 스스로 하려고 하죠. 그래서 많은 걸 익혔다고 생각해요. 모르는 걸 배우는 것도 좋아하는 모양이고 완벽주의자인지 자신에게 요구하는 수준도 높아서…….."

그것이 리오가 자신을 낮게 평가하는 것과도 이어진다고 생각한 세리아는 쓴웃음 지으며 동의했다.

"아, 장인 기질인지도 모르겠네요."

리제롯테가 끙끙거리듯이 리오의 인물상을 평가했다.

"아. 정말 그럴지도 모르겠어요."

세리아가 연신 고개를 끄덕였다. 제법 와 닿는 평가였다.

"하루토 님 이야기하세요?"

그러자 샤를로트가 곧바로 대화에 끼었다. 당연한 일이지만, 옆에 있던 크리스티나와 플로라도 씻던 것을 멈추고 귀를 기울였다.

"네. 하루토가 이 비누를 만들어서 재능이 많다고 이야기하고 있었어요."

세리아가 간단하게 이야기를 전달했다.

"하루토 님은 그야말로 멋진 분이에요."

샤를로트가 힘차게 단언했다.

"이야기 주제가 좀 다른 것 같은데……."

"아하하……."

세리아와 리제롯테가 입을 모아 쓴웃음 지었다.

"그건 그렇다 치고 하루토 님의 비누를 써보고 하룻밤

지나고 보니까 리카 상회에서 만든 비누보다 품질이 좋은 것 같아."

샤를로트가 리제롯테를 보며 기분 좋게 말했다.

"……그거 궁금하네요. 후학을 위해 부디 차이를 알려주시겠습니까?"

리제롯테가 상인으로서 큰 관심을 보였다. 샤를로트는 이런 쪽으로는 절대 거짓말하지 않는 인물이었다. 자기 상회에서 취급하는 물품보다 뛰어나다는 말을 듣고 신경 쓰이지 않을 리가 없었다.

"향기는 취향이라서 우열을 가리기 어렵지만, 미용 효과는 차이가 커. 예를 들어 샴푸는 다음 날 아침에 머리 정돈할 때, 손가락으로 빗을 때 느낌이 달라. 내 머리카락과 잘 맞는 걸 수도 있지만, 자고 일어나도 만지는 느낌이 최고야. 보디클렌저도 피부 상태가 차원이 달라. 보존 기간도 리카 상회 것보다 긴 모양이고."

"저도 느낀 부분이네요. 마침 개량품을 제작할 방법을 모색하던 중이었습니다."

"하루토 님이 여기 있는 비누 만드는 방법을 가르쳐주실 것 같은데 네 상회에서 파는 건 어때? 물론 써보고 그 효과에 만족한다면 말이야."

확신한다며 샤를로트가 자신만만하게 웃었다. 리제롯테도 샤를로트의 눈을 의심하지 않았다.

"그건, 바라마지 않는 이야기입니다만…… 그래도 될까요?"

"응, 어젯밤에 하루토 님이 승낙하셨으니까 내가 중개해줄게. 단, 매상 일부를 하루토 님께 드릴 것과 나와 사츠키 님이 앞으로 사용할 몫…… 그리고 크리스티나 님과 플로라 님 몫도 최우선으로 안정적으로 공급하는 조건에서야."

샤를로트는 일 처리가 빨랐다. 크리스티나와 플로라에게 빚을 만드는 것도 잊지 않았다.

"알겠습니다. 맡겨주세요."

리제롯테가 매끄럽게 고개를 끄덕였다.

"……감사합니다."

비누를 융통해주겠다는 이야기는 처음 들었는지 크리스티나가 눈을 휘둥그레 뜨고 감사 인사를 했다.

리오와 여행하는 동안 바위 집 욕실과 비누가 얼마나 훌륭한지 맛보았다. 지금까지 목욕은 청결을 유지하기 위해 하는 거라 즐길 거리가 아니라고 생각했던 크리스티나가 생각을 바꿀 정도였다.

로다니아로 돌아가서도 그 욕실과 비누를 즐기고 싶어서 애가 탔지만, 리오에게 미안해서 말할 수가 없었다. 그런데 이렇게 몸을 담그는 욕조를 쓰게 됐고 비누까지 안정적으로 공급해준다니 기쁘지 않을 리 없었다.

"감사합니다!"

플로라도 들뜬 목소리로 감사하다고 했다.

"그럼 그런 걸로. 그리고 나중에 성에도 몸을 담글 수 있는 욕조를 시험적으로 도입해보기로 했어. 하루토 님과 세리아 님이 필요한 기술을 가르쳐주실 건데 개조를 네 상회에 맡겨도 될까?"

"물론입니다……. 그런데 기술이라면 이 욕실을 개조할 때 역시 특수한 기술을 썼나요?"

리제롯테가 샤를로트의 의뢰를 받아들이며 숨겨진 정보에 관심을 보였다.

"물을 데우는 마도구와 물을 깨끗하게 유지하는 마도구가 있는데 하루토와 저, 그리고 다른 몇 명이 개발한 미공개 술식을 썼어요. 조만간 가르아크 왕국과 레스토라시온에 술식 개발자 등록도 할 예정이에요."

세리아가 설명했다. 개발자 등록이란 현대 지구의 특허 같은 것이다. 새로 개발한 술식을 공개한 사람에게 그 술식을 독점적으로 사용할 권리를 주는 제도다. 공개된 술식은 국가가 엄중하게 관리하며 개발자가 아닌 사람이 그 술식을 연구 혹은 사용할 때는 개발자에게 사용료를 내야 했다.

"그 전에 먼저 술식을 배우기로 했어. 몸을 담그는 욕조는 비누와 합쳐서 여러모로 교섭 재료로 쓸 수 있을 것 같고, 보급할 수밖에 없을 거야."

샤를로트가 세리아의 말을 받아 말했다. 어떤 교섭에 쓸지는 몰라도 의미심장한 미소를 지었다.

"아하……."

"모든 여성 귀족이 찾을 테니까요."

크리스티나와 리제롯테가 그 말만 듣고도 많은 걸 깨달

은 표정을 지었다. 현재 가르아크 왕국과 벨트람 왕국에 유통되는 비누 중 최고 품질은 리카 상회의 비누였다. 그 비누를 능가하는 비누가 탄생한다면 구매층인 왕후 귀족이나 호화 상인의 부인이나 딸들을 사로잡을 게 틀림없었다. 미용에도 현저한 효과가 있으니 더욱 그랬다. 한번 그 효과와 즐거움을 알게 되면 계속 원할 게 당연했다.

개발자와 공급자의 입장을 활용할 방법이 수없이 떠올랐다. 적어도 귀족의 절반인 여성들에게 강력한 무기를 가진 것이나 다름없었다.

'아직 큰 움직임은 없지만, 하루토 님이 주목받는 것을 싫어하는 자들이 있으니 카드가 조금이라도 많이 있어야 해.'

그자들이 무슨 수작을 벌였을 때 반격할 준비를 해야 하고 내 편을 늘리고 포석을 깔 필요가 있었다.

이번에 리오에게 전투 지도를 부탁하거나 세리아에게 강의를 부탁한 것도 그 일환이었다. 리오는 특정 파벌에 명확하게 속하지 않지만, 국왕인 프랑수아와 제2왕녀인 샤를로트의 비호 아래에 있다고 볼 수 있었다. 따라서 우선 왕족을 경호하는 근위기사들을 아군으로 만들어야 했다. 그래서 리오에게 근위기사들의 전투 지도를 부탁했는데 참가자들을 보니 리오에게 좋은 인상을 받은 것 같았다. 의도한 결과가 나왔다고 봐도 되겠다.

그리고 벨트람 왕국의 명망 높은 천재 마도사인 세리아가 하루토 아마카와와의 친분으로 특별히 가르아크 왕국

에서 강의하는 것도 인맥이 많다는 걸 보여줄 좋은 기회가
될 것이다.

물론 그래도 하루토에게 반감이 있는 자가 완전히 사라
지지는 않겠지만…….

'그건 그거대로 재미있을 테니 기대돼.'

그 생각에 샤를로트는 기분이 좋아졌다.

리오의 전투 지도가 끝나자 출석자들은 저택 안으로 안
내받았다. 오후부터 직무에 복귀하기 전에 점심을 먹고 출
석자끼리 교류하기 위해서였다.

다만 그 전에 몸을 움직이며 흘린 땀을 씻을 수 있게 그
들을 욕실로 안내했다. 저택에는 여성용과 남성용 큰 욕실
이 있는데 아르마와 분담해서 작업한 덕에 금방 완성했다.
그래서 남탕도 개방해서 반씩 나눠 씻게 했다. 그동안에 리
오는 메인 침실에 붙은 작은 욕실에서 가볍게 몸을 씻었다.

그리고 점심을 준비하는 미하루 일행을 도우러 갔다. 이
윽고 출석자들도 목욕을 마치고 대식당으로 안내받았다.

"그럼 슬슬 시작할까요?"

샤를로트의 주도로 오찬회가 시작되었다. 식당에는 테
이블이 여러 개 있었는데 출석자끼리 교류한다는 명목으
로 열린 오찬회라 좌석 순서를 정하지 않았다.

입식으로 자유롭게 돌아다니며 원하는 사람과 이야기해도 되고 앉아서 먹고 싶으면 착석해도 됐다. 요리는 방 중앙에 있는 테이블에 있어서 각자 좋아하는 요리를 접시에 덜어 먹을 수 있었다.

"요리는 미하루 님과 오피아 님이 직접 만들어주셨어. 일부 요리는 하루토 님이 만드셨다고 하니 괜히 예의 차린다고 사양하지 말고 식기 전에 들도록 해. 딱딱하게 굴지 말고 즐겨줘. 그럼 시작합시다."

샤를로트가 가볍게 손뼉을 치며 개시 인사를 짧게 끝냈다. 왕녀들도 동석한 자리인지라 근위기사들이 조금 긴장했었다.

"……전하의 말씀을 따르자."

"미하루 님와 오피아 님, 그리고 아마카와 경이 만든 요리다. 식으면 실례야."

가르아크와 레스토라시온의 근위기사대장인 루이즈와 바네사가 솔선수범해서 요리를 가지러 갔다. 그러자 부하들도 뒤따랐다.

"대접받으니까 기분이 이상하네. 그것도 윗분께……."

리제롯테의 시녀인 나탈리가 조금 겸연쩍어하며 말했다. 나탈리는 시녀 중에서도 고지식한 성격이기도 하고 평소에는 대접하는 쪽이라 이것저것 하느라 바빠서 남에게 대접받는 게 익숙하지 않았다.

"왕녀님이 말씀하셨는데 사양하면 실례야. 그리고 전에

하루토 님과 미하루 님의 수제요리를 덩달아 먹을 기회가 있었는데 말도 안 되게 맛있었잖아. 안 먹으면 아까워. 자, 가자."

"잠깐, 코제트."

코제트는 나탈리의 팔을 잡고 요리가 있는 테이블로 걸어갔다.

"정말이지, 도가 지나치지 않게 하세요."

그들의 뒷모습을 보며 아리아가 한숨 쉬며 말했다.

"후후, 오늘은 너도 손님이니까 열심히 대접받아. 일은 잊고."

세리아가 키득키득 웃으며 아리아에게 말했다.

"대접은 충분하고도 남을 정도로 받았습니다. 훈련 후에 그렇게 훌륭한 욕실을 이용하고 호화로운 오찬회까지 열렸으니까요. 솔직히 이 저택에서 일하고 싶을 정도입니다."

아리아도 입꼬리를 올리며 세리아에게 대답했다. 그리고 오찬회장의 다른 곳에서는…….

"오빠, 오빠, 우리도 밥 가지러 가자!"

라티파가 리오의 팔을 잡아당겼다.

"미안, 잠깐 나가서 제대로 씻고 올게. 아까는 가볍게 땀만 씻었거든."

"뭐어? 아, 그럼 나도 같이 들어가서 등 밀어줄까?"

리오가 자리를 비운다는 소리에 라티파가 살짝 볼을 부풀렸지만, 바로 장난스럽게 웃으며 말했다.

"당연히 안 되지. 여자들 사이에 남자 혼자 있으면 신경쓰일 테니까 잠깐 다른 사람들과 놀고 있어. 출석자끼리 교류하는 게 목적이니까."

리오는 조금 어이없다는 듯이 한숨을 쉬었지만, 라티파의 머리를 다정하게 쓰다듬었다. 라티파는 눈을 꼭 감고 기뻐하며 얼굴을 찡그렸다.

"그럼 다녀올게."

리오는 그 말을 남기고 남의 눈에 띄지 않게 몰래 식당을 나갔다. 그러나 일부는 리오가 없어진 것을 바로 알아차렸다.

"어라, 하루토 님은 어디 계시죠?"

크리스티나, 리제롯테와 함께 이야기를 나누던 샤를로트가 고개를 갸웃거리며 주위를 둘러보았다. 그러자 주위에 있던 사람들도 방을 둘러보았다.

"제대로 씻고 오겠다며 나갔어요. 일단 우리끼리 놀라면서요."

라티파가 고개를 절레절레 저으며 설명했다.

"하루토 님이 이 저택의 주인이니까 신경 쓰지 않으셔도 되는데……."

샤를로트가 토라진 듯 표정이 살짝 뾰로통해졌다.

"그래도 뭐, 이 공간에 혼자 남자라서 불편했을지도 몰라. 평소에도 그렇지만, 지금 이 저택은 완전히 여학교 같으니까."

사츠키가 주위를 둘러보고 조금 동정하며 말했다. 지금 대식당에는 급사도 포함해 수십 명이 있으나 전부 여성이었다.

"그렇다고 설마 시작하자마자 모습을 감추시다니 예상 밖이에요. 하루토 님 또래의…… 아니, 젊고 건전한 남성 분이라면 스스로 이 안에 머무를 것 같은데요."

식당에는 묘령의 아름다운 여성들뿐이었다. 기운이 남아도는 한창때의 남성 귀족이라면 적극적으로 여성들에게 말을 거는 게 일반적이었다.

"아니, 건전하니까 여자가 경계하지 않게 스스로 나간 거잖아."

"너무 건전하잖아요."

이른바 초식남이었다. 사츠키는 리오를 그렇게 평가했다. 다만 샤를로트는 그게 조금 불만인지 한탄하는 얼굴이었다.

"음, 샤를이 무슨 말을 하려는지는 알겠는데 그럴 때도 들뜨지 않는 점이 하루토 군의 장점이잖아."

"거기에는 매우 동감하지만……. 좀 더 자신의 매력을 객관적으로 봐주셨으면 좋겠어요. 모두 하루토 님과 대화하고 싶어 하니까요."

"그렇긴 해."

사츠키가 목을 울리며 동의했다. 그도 그럴 것이 하루토는 우량품 중의 초우량품이었다. 생김새 좋고, 성격 좋고, 능력 좋고, 지위 좋고, 실적 많고 겉치레가 아니라 말 그대로 흠잡을 데가 없었다. 심지어 열여섯 살이라는 젊은 나이에 독신. 꼭 결혼 때문이 아니어도 가까워지고 싶은 게 당연하다고 생각했다.

"여러분이 얼마나 고생하시는지 조금이나마 알겠어요. 저도 함께 일상을 보내며 관계를 좀 더 진전시키고 싶었는데."

샤를로트가 고통스럽게 탄식했다. 거의 매일 같이 저택에 드나들며 다양한 미인계를 써보기도 했지만, 리오는 상상 이상으로 연애에 소극적이었다. 거리를 두지는 않았다. 이쪽에서 밀착하면 이성으로 인식하는 반응을 보이지만, 일절 손대지 않았다.

"알아주시니 다행이네요."

샤를로트의 한탄을 듣고 라티파가 득의양양한 얼굴로 대화에 끼었다. 괜히 리오와 오래 지낸 게 아니었다. 그런 고충은 잘 알았다.

그리고 조금 떨어진 곳에서 세리아와 아리아 옛 친구 콤비와 나탈리와 코제트가 그 대화를 지켜보았다.

"하루토 님은 나가신 모양이네요."

샤를로트와 라티파의 대화가 들렸는지 나탈리가 그쪽을 보며 말했다.

"하아, 이 기회에 하루토 님과 이야기해보고 싶었는데…….
우와, 이 달걀 요리 맛있어."

"낙담하든지 먹든지 둘 중 하나만 해."

아쉬워하며 어깨를 떨구면서도 요리를 즐기는 코제트를

보고 나탈리가 어이없어하는 표정으로 말했다.

"하루토는 곧 돌아올 거예요."

그런 두 사람에게 세리아가 쓴웃음 지으며 말했다.

"뭐, 그 밖에도 하루토 님과 대화하고 싶은 사람들이 있는 모양이라 대화할 시간이 많지는 않겠지만요……."

아리아가 말하고 식당을 둘러보았다. 아무래도 요리를 먹던 근위기사들도 리오가 없다는 걸 눈치챘는지 아쉬운 표정을 지은 사람이 보였다. "돌아오면 말 걸어볼래?"라는 말도 들렸다.

"하루토와 이야기하고 싶으면 돌아왔을 때 제가 말해볼까요?"

세리아가 눈치를 챙기고 그런 말을 꺼냈다.

"저, 정말이세요?"

코제트는 활짝 핀 표정으로 몸을 앞으로 불쑥 내밀었다.

"네, 네."

"아, 아이고, 코제트. 세리아 님께 실례잖아. 죄송합니다."

나탈리가 조금 놀란 세리아를 보고 곧바로 코제트를 혼내며 사과했다.

"저도 나중에 따끔하게 한마디 하겠습니다."

아리아가 덧붙여 말하자 코제트가 "윽……" 하며 경직됐다.

"그러지 마. 오늘은 교류회니까 예의는 제쳐두고 이야기하죠. 아리아가 평소에 같이 일하는 사람들과 이야기해서 기뻐. 유쾌한 동료에게 둘러싸여 있구나."

세리아가 키득키득 웃으며 아리아를 보았다.

"네, 덕분에요."

아리아는 못 살겠다는 듯이 어깨를 으쓱했지만, 표정이 살짝 부드럽게 풀렸다.

"세리아 님과 동급생이었던 거죠?"

"네, 그래요."

"아리아가 맨날 지옥 훈련을 시키는데 학생 시절부터 이렇게 강했나요?"

나탈리와 코제트가 세리아에게 질문을 던졌다.

"검술로 아리아를 당해낼 수 있는 학생이 없었어요. 남학생도 이겨서 단연 톱이었죠. 하루토와도 대등하게 겨뤘고, 역시 넌 말도 안 되게 강해, 아리아."

"하루토 님은 마지막을 제외하고 방어에 전념해서 대등했을지 어땠을지 자신이 없습니다만⋯⋯."

"그래? 솔직히 검술은 잘 몰라서⋯⋯."

"꽤 진심으로 공격했습니다만, 훌륭하게 막으시더군요. 승패가 결정될 때까지 싸우면 과연 이길 수 있을지⋯⋯. 적어도 그 대련 중에 하루토 님의 한계를 알아내지는 못했습니다."

아리아가 리오와의 대련을 떠올리고 생각에 잠긴 표정으로 말했다.

"하루토 님이 이렇게까지 고전한 적 있나요?"

코제트가 세리아에게 물었다.

"음, 글쎄요. 저도 그 아이의 힘은 헤아릴 수 없다고 할까, 지는 모습이 상상이 안 되는데……. 아이시아는 비슷하게 강하다고 생각해요."

세리아는 미하루, 리제롯테와 함께 앉아있는 아이시아를 보았다.

"정말 후반에 가볍게 대련했는데 엄청 강했어요. 사라 님과 아르마 님도 상당히 강했고……."

나탈리가 말했다. 지도 후반에 리오의 가르침을 의식하며 모의전을 치렀다. 보조를 맡은 아이시아와 사라 일행과도 대련했는데 출석자 중 아이시아를 이긴 사람은 아무도 없었다. 아리아만 중간 종료로 무승부로 끝났다(사라와 아르마는 아리아에게 졌지만, 다른 출석자들에게는 승리했다).

"힘도 터무니없지만, 아이시아 님은 귀여움도 최강 아닌가요? 가까이에서 보니까 너무 예뻐서 충격적이었어요……. 피부도 새하얗고 너무 부러워서 넋이 나간 사이에 졌어요."

"진지하게 싸워……."

코제트가 경외심을 담아 간드러진 탄식을 흘렸다. 한편, 나탈리는 어이없다는 얼굴로 딴죽을 걸었다.

"아하하……. 그 아이의 외모는 동성도 홀릴 정도죠. 같이 살면서 제법 익숙해졌지만, 가끔 그 아이의 미모를 인식할 때가 간혹 있어서 저와 비교하고 자신감을 잃어요."

세리아가 울적하게 말했다.

"아니, 세리아 님도 동성의 눈으로 보면 지나치게 부러

울 정도로 부럽거든요?"

"아리아와 동갑이라면 우리와도 동갑인데 아무리 봐도 10대 소녀로밖에 안 보여요. 요정 같고 가련한 소녀 그 자체예요."

나탈리와 코제트가 기가 막힌다는 얼굴로 몸을 내밀었다.

"동안이란 말은 자주 들어요……."

세리아가 고개를 푹 숙였다.

"뭐 어때요. 젊음과 아름다움을 유지하는 건 숙녀의 지상 과제잖아요? 세리아 님의 외모는 모두가 부러워할 강력한 무기예요. 그리고 하루토 님 주위에 있는 분들이 모두 미소녀라서 감각이 마비되셨나 본데 세리아 님도 그중 한 명이에요."

"고, 고맙습니다……."

코제트가 힘줘 말하자 세리아가 쩔쩔매며 고맙다고 했다.

"분위기 좋군."

그때, 바네사가 다가와 세리아 일행에게 말을 걸었다. 그 곁에는 샤를로트를 경호하는 친위대장 루이즈도 있었다.

"바네사 씨. 훈련하시는 걸 봤는데 완벽하게 나으신 것 같아 다행이에요."

바네사와 가장 면식이 있는 세리아가 대답했다.

"음, 아마카와 경 덕분에. 매우 상태가 좋아. 그건 그렇고 세리아 군과 아리아 군은 아는 사이인가?"

바네사가 두 사람의 얼굴을 보며 물었다.

"……네, 왕립학원 시절, 동급생이었어요."

세리아가 대답해도 문제없는지 재빠르게 아리아와 눈빛으로 의사소통하고 대답했다.

"오호……. 대단한 학년이로군. 마법 천재와 검술 천재가 동시에 재적했으니까."

"마도사로 대성한 세리아는 몰라도 저는 과대평가입니다. 학원도 졸업하지 않고 퇴학했으니까요."

"아니, 분하지만 오늘 참가자 중 가장 뛰어난 건 틀림없이 자네야. 자네 같은 실력자를 그냥 내버려 두다니, 우리나라의 손실을 헤아릴 수 없군. 정착한 곳이 동맹인 가르아크 왕국이라 불행 중 다행이지만……."

"영광입니다만, 그런 대단한 사람이 아닙니다."

아리아가 공손하게 고개를 저었다.

"아마카와 경도 그렇지만, 아무래도 진짜 천재는 모두 겸손한 모양이군요. 크레티아 공작가의 영애를 모시는 시녀들은 모두 실력자지만, 그중에서도 시녀장은 차원이 다르다. 우리나라 유수의 실력자가 틀림없다. 왕성에도 그런 소문이 퍼졌습니다. 그게 사실이라는 생각이 들더군요."

루이즈가 대화에 끼어 아리아를 칭찬했다.

"……영광입니다."

"당신 같은 실력자에게 근위기사단에 들어오라고 권유하고 싶습니다만……."

"죄송하지만, 저는 리제롯테 님 외에는 모실 생각이 없습니다."

"훌륭한 충성심입니다."

"아리아 군은 시녀이자 기사이기도 하군……."

곧바로 대답하는 아리아를 보고 루이즈가 흐뭇한 미소를 지었다. 그리고 조금 복잡하기는 하지만, 바네사도 감탄하며 아리아를 칭찬했다.

"아무튼 훈련이 지속되는 한은 얼굴 볼 기회가 많아. 앞으로 잘 부탁해. 각자 부하를 통솔하는 사람으로서 친하게 지내주면 좋겠군."

"네, 기꺼이."

바네사가 내민 손을 아리아가 마주 잡았다.

"당사자인 아마카와 경은 지도자 역할을 할 수 있을지 자신이 없다고 하셨지만, 그만한 실력자에게 지도받을 기회는 흔치 않습니다. 참가자도 뛰어나니 훌륭한 훈련이 될 것 같군요. 우리 모두 숙련도를 쌓읍시다."

"네. 이런 자리를 만들어주신 우리의 주인과 지도를 맡아준 아마카와 경에게 감사합니다."

루이즈와 아리아도 악수했다.

"최고의 훈련 후에는 멋진 욕실과 맛있는 음식을 대접받았지. 아마카와 경에게 다시 고맙다고 하고 싶은데……."

"공교롭게도 지금은 자리를 비운 모양이에요. 나중에 얼굴 비출 테니까 그때 말해주세요."

주위를 둘러보며 리오를 찾는 바네사에게 세리아가 말

했다.

"그러지. 부하들이 아마카와 경과 대화하고 싶어서 다들 아쉬워해."

"우리 쪽 사람들도 그렇습니다."

바네사가 쓴웃음 지으며 말하자 루이즈가 탄식하며 맞장구쳤다.

"뭐 이야기하고 싶은 거라도 있으세요?"

세리아가 고개를 갸웃거리며 물었다.

"만남이 적은 직업이니까. 솔직히 말해서 모두 굶주렸어."

바네사가 사정을 설명했다. 일반적으로 여성 왕족은 여성이 경호하는데 인원 교대가 빈번하면 좋지 않아서 한번 정해지면 쉽게 그만둘 수 없었다.

그리고 퇴직의 자유가 없다는 점을 싫어하는 남성 귀족이 많아 여성 근위기사는 혼기를 놓치기 쉬워서 왕족을 경호하는 여성 근위기사의 인원 부족에 박차를 가했다.

"어느 나라나 사정은 똑같군요."

"시녀도 비슷합니다."

루이즈와 아리아도 자조했다. 그 옆에서 코제트와 나탈리가 힘차게 고개를 끄덕였다.

"아하하……."

그들을 이해한 세리아가 불편한 쓴웃음을 흘렸다.

❲ 제 2 장 ❳ ✤ 출발에 앞서

리오가 가르아크 왕성 저택에서 살기 시작하기 조금 전의 이야기다.

슈트랄 지방의 맨 끝이라도 해도 될 변경에 다른 나라에서 보면 이단이라고밖에 할 수 없는 작은 국가가 탄생했다.

그 이름을 신성 에리카 민주공화국이라 했다. 이 에리카국(국민 사이에서는 이렇게 부른다)을 이단이라 표현한 데에는 물론 이유가 있었다.

슈트랄 지방에 존재하는 수많은 국가의 공통된 특징을 이 신생국가는 갖추지 않았기 때문이었다. 즉, 왕과 황제 같은 절대군주가 존재하지 않고 특권계급인 귀족도 존재하지 않는다는 것.

이 나라는 국민을 위해 존재하는 나라다. 나라는 군주와 귀족이 아닌 그곳에 사는 국민을 위해 존재한다. 사람은 태어날 때부터 자유롭고 평등하다. 이런 이념을 근본 삼아 다름 아닌 국민의 손으로 왕정을 폐지하고 탄생했다.

그래서 이 나라의 민중은 신분으로 차별받지 않았다. 이 나라에 민중을 차별하는 왕후 귀족은 존재하지 않았다. 민중이, 민중의 손에 의해, 민중을 위해 나라를 움직인다. 이 슬로건을 관철하기 위해 신성 에리카 민주공화국은 선거로 뽑힌 대표자들이 의회를 구성해 정치적 의사결정을 하는 간접민주주의를 채용했다.

그러나 나라를 대표하고 상징하는 존재도 있었다. 건국 후, 처음 치른 선거로 성립한 의회에 뽑힌 국가의 초대 원수이자 나라 설립에 앞장서서 민중을 이끈 성녀 에리카다. 신성 에리카 민주공화국이라는 국명도 성녀 에리카를 존경해서 붙었다.

뭐, 그건 그렇다 치고…….

장소는 수도 에리카부르크. 과거에 왕도라 불린 이 도시는 현재 몹시 황량했다. 그도 그럴 것이 성녀 에리카가 이끄는 해방군이 혁명을 일으켜 왕도를 공격했기 때문이었다. 지금은 죽은 국왕을 지키던 견고한 성은 말 그대로 쓰레기가 되었고 도시 건물도 혁명군의 진격으로 파괴된 곳이 눈에 띄었다.

그래도 수도 에리카부르크에 사는 민중의 표정은 밝았다. 긴 세월에 거쳐 무거운 세금으로 삶을 압박하던 왕후 귀족이 사라졌기 때문이었다.

성녀 에리카가 이제 세금은 왕후 귀족이 아닌 나라에 내야 한다고 했지만, 민중을 위해 쓰겠다고 선언했다. 그리고 그 말을 뒷받침하듯이 에리카는 왕후 귀족들이 축적한 재산을 아낌없이 민중에게 뿌려 도시 부흥을 지원했다.

게다가 에리카는 20대 중반에 아름답기도 해서 민중에게 인기가 많았다. 국민은 성녀 에리카를 존경하며 긍정적인 마음으로 도시 부흥에 힘썼다.

그리고 그런 성녀 에리카는 임시 수장 관저로 쓰는 건물의 집무실 의자에 앉아있었다.

"에리카 님, 다시 생각해주실 수 없겠습니까?"

그 앞에 난처한 얼굴로 에리카에게 부탁하는 남자. 이름은 안드레이. 나이는 20대로 젊고 성실하며 영리하게 생긴 훈훈한 청년이다.

"안 돼요, 안드레이. 이미 결정했습니다."

미소 지은 에리카는 검은 머리카락을 흔들며 천천히 고개를 저었다.

"하지만 건국 직후인 이 타이밍에 원수인 당신이 사라지시면 몹시 곤란합니다. 갑자기 여행을 떠나시겠다니……."

안드레이가 매달리는 눈빛으로 에리카를 바라보았다.

"이 나라가 내 거점이고 이 나라에 사는 사람들이 구제 대상이라는 건 변함없습니다. 하지만 왕후 귀족에게 착취당하며 인간의 존엄을 빼앗긴 사람들이 다른 나라에도 있을 게 분명해요. 나는 그런 사람들을 동등하게 구제할 사명이 있습니다. 그러기 위해 각국의 실태를 당장에라도 파악하고 싶어요. 내 몸은 하나뿐이라 우선순위를 세우고 움직이는 수밖에 없지만……."

에리카가 몹시 안타까워하며 한숨을 흘렸다.

"에리카 님……."

안드레이는 에리카를 고통스럽게 바라보았다. 하지만 감동했는지 눈에 경외심이 담겼다.

"안드레이. 당신이 불안한 건 그만큼 나를 믿기 때문이죠? 정말 기뻐요."

에리카가 안드레이에게 상냥하게 미소 지었다.

"그, 그럴 수가! 황공합니다!"

안드레이가 살짝 얼굴을 붉히고 황급히 고개를 저었다.

"당신은 내가 건국을 위해 행동하기 시작했을 때부터 도와준 소중한 사람입니다. 그리고 무척 믿음직한 사람. 내가 여행을 떠나기로 한 건 당신이 이 나라에 있기 때문입니다. 당신이 이 나라에 있으니까 나는 안심하고 당신에게 이 나라를 맡길 수 있어요."

"그, 그럴 수가…… 제게 과분한 말씀이십니다."

"그렇지 않아요. 그러니까 의회 사람들도 나를 보좌하는 재상으로 당신을 임명한 거죠. 내가 없는 동안은 재상인 당신이 원수 대리입니다."

안드레이는 원래 한 상회의 주인이었으나 인간은 모두 평등하다는 에리카의 가르침에 감명받아 혁명 초기부터 지원한 인물이었다. 건국을 이룬 지금은 신성 에리카 민주 공화국의 재상이 되어 에리카를 뒤이은 2순위 지도자가 되었다.

"……저는 에리카 님을 대신할 수 없습니다."

"안드레이, 사람을 인도하는 건 의외로 간단합니다."

자신 없어 하는 안드레이에게 에리카가 유려한 목소리로 말했다.

"그럴 리 없습니다. 당신이 아닌 누가 국민을 인도하겠습니까? 국민을 누구보다 생각하는 당신이 아니면······."

"나는 국민을 평등하게 생각할 뿐입니다."

"그래서입니다. 그러니까 당신은 성녀이신 겁니다. 당신이 가르치고 이끌어주세요. 모두 그런 마음으로 당신을 초대 원수로 뽑은 겁니다."

"여러분의 마음에 부응하고 싶지만······."

"······마음을 굳히셨군요. 알겠습니다. 그럼 그리핀을 타고 여행하세요. 호위도 몇 명 붙이겠습니다."

안드레이가 체념한 듯 고개를 숙였다.

"미안해요, 안드레이."

"사과하실 필요 없습니다."

"사과의 뜻으로 여행 선물을 가지고 오면 좋을 텐데······. 그래, 당신을 처음 만났을 때 가르쳐준 리카 상회, 였나요? 거기 상품이 좋겠네요. 당신 가게에 몇 가지 상품을 취급하고 싶다고 말했었죠?"

"······기억하고 계셨습니까?"

"당연하죠?"

"감사합니다······. 하지만 저는 이제 상인이 아닙니다."

안드레이는 기뻐하며 감사 인사를 했지만, 동시에 조금 쓸쓸한 표정도 보였다.

"하지만 당신의 꿈이었잖아요? 국가를 초월해 이름을 떨치는 상회와 거래하는 게."

"네, 그랬죠……."

"그리고 상인이 아니어도 거래는 할 수 있어요. 국가가 상회에 물자를 사들이기도 하니까."

"확실히, 제가 간과했습니다."

"그만큼 유명한 상회라면 꼭 우리나라도 지원해줬으면 좋겠네요. 여행 중에 대표에게 면담을 요청하는 것도 괜찮겠어요."

"당신의 가르침에 찬동해 같은 편이 되면 든든할 텐데요……. 리카 상회의 회장은 가르아크 왕국 유수의 대귀족 영애라고 들었습니다."

"국왕이나 귀족이라고 당장 적으로 판단하지는 않을 겁니다. 우리는 평화주의자니까. 리카 상회의 대표를 맡은 아가씨와 대화해보고 우리의 이념을 받아들이기를 바라죠."

에리카는 성녀 같은 자애로운 미소를 지으며 안드레이에게 말했다. 그녀가 나라를 떠나기 며칠 전의 일이었다.

한편, 리오가 가르아크 성에서 살기 시작하고 얼마 지난 어느 날. 사카타 히로아키는 요즘 사이키 레이와 무라쿠모 코우타와 자주 어울렸다. 로아나도 함께 히로카이의 방에 자주 모였다.

그도 그럴 것이 히로아키가 요즘 소설 쓰는 작업에 빠졌다. 일본에서 유행한 오락소설 요소를 넣어 이 세계에 사는 주민을 대상으로 히트작을 내려고 했다.

레이에게는 오타쿠 시점 감상을, 로아나에게는 이 세계에 사는 귀족 시점에서 리얼리티가 부족하지는 않은지 조언받았고, 코우타에게도 감상과 히로아키가 쓴 일본어 플롯을 이 세계 언어로 번역시키고 로아나와 정보를 공유하는 일을 맡겼다.

"이 플롯은 최고예요, 히로아키 씨."

빚고 또 빚은 최신 플롯을 읽은 레이가 흥분해서 감상을 말했다.

"그렇지? 나도 회심의 역작이라고 생각해."

"역시 히로인을 두 명으로 한 게 정답이었어요. 이 작품의 간판 히로인은 무조건 로리 할멈 세실리지만, 로리 할멈에 대항하는 미잘리도 귀여워요. 평범하게 나이 드는 인간족의 불안이 히로인의 매력으로 잘 표현됐네요. 이거면 되겠어요."

"로리 할멈과 평범한 로리의 대비. 그게 이 작품의 테마니까. 평범한 로리와 로리 할멈, 누가 매력적이냐고 독자에게 묻는 거지. 동정심 보정으로 미잘리가 더 히로인처럼 보였다면 내가 계산한 대로야."

히로아키가 자신만만하게 고개를 치켜들었다.

"그런데 제대로 못 쓰면 세실리가 미잘리에게 묻힐 거예요."

"그건 네가 실력을 발휘해야지. 네 편집 실력 기대할게."

"맡겨주세요. 그보다 빨리 초고를 읽고 싶네요. 이게 완성 플롯이죠?"

"그렇게 서두르지 마. 이게 완성 플롯이어도 문제없지만, 코우타와 로아나의 의견도 들어봐야지. 너희는 어때?"

히로아키가 오른손을 뻗어 서두르는 레이를 진정시켰다. 지금까지 같이 작업한 코우타와 로아나의 의견도 듣기 위해 매우 기분 좋은 표정으로 두 사람을 바라보았다.

"정말 재미있네요. 그런데 의견이라고 해야 하나, 의문인데 불로불사의 비약이 이 세계에 존재하나요? 로아나 씨."

코우타가 로아나에게 물었다.

"정말 있는지는 모르지만, 그런 비약을 만들려고 여러 차례 연구했다는 이야기를 들은 적 있어요."

"그렇군요. 그럼 이 세계 사람들도 흥미를 보일 것 같네요. 그런데 주인공 이름이 공명인 데는 무슨 이유가 있나요? 삼국지에 등장하는 유명한 군사와 이름이 똑같은 것 같은데……."

"그야 당연히 내가 제갈공명을 좋아하니까."

히로아키가 곧바로 대답했다.

"그, 그렇군요……."

"뭐야, 뭔 일 있어? 코우타."

레이가 코우타에게 물었다.

"아뇨, 이 세계에는 존재하지 않는 이름이라서 어떻게

받아들일지 궁금해서⋯⋯. 이 세계 말로 번역하면서 이름을 한자로 쓸 수도 없고요."

코우타가 비교적 진지하게 상식적인 시점에서 의문을 꺼냈다.

"뭐, 한자 표기 이름은 의미 없는 설정이 되겠지. 그래도 주인공 이름은 공명이야. 내가 쓴 작품의 주인공은 모두 공명으로 하기로 정했어. 그리고 이세계에서 소환된 용사가 주인공이잖아. 이 세계에 흔한 이름이면 이세계스럽지 않아."

"그렇군요, 확실히⋯⋯. 그렇긴 하네요."

"그렇지?"

코우타가 감탄하듯이 목을 울리자 히로아키가 만족스럽게 고개를 끄덕였다.

"그럼 플롯은 이걸로 완성이고 이제 원고 쓰는 일만 남았네요. 히로아키 씨."

레이가 흥분하며 말했다.

"응. 사치 좀 부려서 설정 자료로 히로인 일러스트가 있으면 머릿속에 히로인 이미지상이 더 뚜렷해질 텐데 말이야. 판매할 때도 일러스트가 있으면 라이트 노벨스럽고 독자의 구매 욕구를 자극할 거야."

"아, 그쪽은 안심하세요. 코우타가 그림 그릴 줄 알거든요."

레이가 코우타의 재능을 밝혔다.

"뭐?! 진짜야?!"

히로아키가 큰 소리로 큰 관심을 보였다. 로아나의 눈도 커졌다.

"이 녀석, 어머니가 디자인 교실 선생님이세요. 덕분에 어릴 적부터 그림을 배워서 다양한 그림을 그려요. 일러스트도 그릴 수 있고요."

"뭐야, 그런 재능이 있으면 빨리 말해야지."

히로아키가 매우 기뻐하며 활짝 웃었다.

"그렇게 대단하지도 않아요."

당사자인 코우타는 자신이 없었다.

"코우타, 이 세계에 오기 전에 부탁해서 그린 만화 일러스트 있잖아. 그걸 그려봐."

"……뭐, 좋아요. 이 펜과 종이로는 그리기 어려워서 똑같이 그리지는 못할 거예요."

레이의 부탁에 코우타가 깃펜과 종이를 들었다. 매우 익숙한 손놀림으로 빠르고 망설임 없이 펜을 놀렸다.

모두 신기해하며 코우타의 손을 지켜보았다.

"되게 빠르게 그리지 않아?"

히로아키가 놀라서 물었다.

"원본을 모사한 적이 있거든요. 구도를 생각할 필요도 없고 손이 기억해요. 도구가 이래서 그리기 어렵긴 하지만요."

코우타가 손을 움직이며 대답했다.

"……그래?"

히로아키는 의아해하며 말끝에 물음표를 붙이고 생각했다.

'이 녀석, 혹시 제법 그림에 재능 있는 거 아니야?'

몇 분 뒤.

"러프지만, 다 됐어요."

코우타가 펜을 든 손을 멈췄다.

"대박. 히요리잖아…… 퀄리티 좋은데, 어이."

완성한 일러스트를 보고 히로아키가 눈을 반짝이며 중얼거렸다. 그곳에는 히로아키가 잘 아는 애니메이션 캐릭터가 있었다.

"역시 아시는 군요, 히로아키 씨."

"성우 팬이었어. 목소리 진짜 좋잖아."

"우와, 정말로요? 저도 그래요. 앨범도 라이브 블루레이도 다 모으고 팬클럽도 가입했어요."

"뭐야, 그것도 더 빨리 말했어야지. 나도 가입했어."

"요즘 플롯 이야기만 했잖아요."

"그렇긴 하지……."

히로아키는 다시 일러스트를 내려다보며 중얼거렸다.

"좋다, 히요리."

"좋죠."

히로아키와 레이가 오타쿠 대화를 나눴다.

그러자 아나나 다를까……

"……두 분이 무슨 이야기를 하시는 거죠?"

"저도 모르겠네요. 그런데 몰라도 될 것 같아요……."

로아나와 코우타는 완전히 방치되었다.

"정했어. 내가 쓰는 작품의 일러스트레이터는 너다, 코우타."

히로아키가 코우타를 손가락으로 가리켰다.

"······일러스트를 그리는 건 상관없는데 소설 제작 기간이 얼마나 되나요?"

"손으로 써야 해서 써보지 않으면 모르겠는데 적어도 책한 권 분량을 쓰려면 최소 한 달은 필요해."

"일러스트는 어떤 게 필요하세요?"

"주인공과 히로인 캐릭터 디자인 몇 점과 지정한 장면삽화 몇 장 정도?"

"그러면 그림 그리는 데도 비슷한 시간이 필요하겠어요. 병행해서 작업하더라도 책 한 권을 만드는 데 걸리는 시간은 아무리 빨라도 한 달 반이나 두 달이겠네요."

"뭐, 그 정도는 걸리겠지. 그러고 보니 너희 일정은 어떻게 돼?"

갑자기 궁금해졌는지 히로아키가 두 사람의 일정을 물었다.

"일단 잠시 여행한다는 생각으로 왔습니다만······."

"글쎄요? 크리스티나 왕녀나 유그노 공작이 귀국할 할때 같이 돌아가지 않을까요?"

"지금은 그렇게 생각하는 게 맞을 거예요."

코우타가 레이와 얼굴을 마주 보고 대답했다. 그러자 크리스티나에게 정보를 받았는지 로아나가 긍정했다.

"그렇군……. 그런데 너희는 레스토라시온에서 어떤 위치에 있어?"

"저는 준남작이고 코우타는 손님 대접받아요. 저희 둘 다 크리스티나 왕녀의 호의로 로다니아의 학원에 다니면서 앞으로 이 세계에서 살기 위해 다양한 걸 배우고 있습니다."

"흐음, 학생이란 말이군. 그런데 레이는 준남작인데 왜 코우타는 작위가 없어? 늦게 물은 감이 있긴 하지만……."

히로아키가 코우타를 보며 물었다.

"저는 뭐, 선배와 다르게 일시적으로 레스토라시온에 머무는 거라서요."

"일시적으로? 레스토라시온 소속 아니야?"

"그럴 생각이에요. 크리스티나 왕녀가 선배처럼 작위를 받고 레스토라시온 소속이 되어도 괜찮다고 했지만……."

"뭐, 하고 싶은 거라도 있어?"

"……사실은 모험가가 되어서 여행을 해보고 싶어요."

코우타가 볼을 붉적이며 쑥스럽게 대답했다.

"모험가가? 왜?"

"이유를 물어도…… 그, 성장하고 싶다고 할까, 한 명의 남자가 되고 싶다고 할까……."

"한 명의 남자가 되고 싶어……? 하하! 너 동정이구나? 동정 못 뗐지?"

몹시 의아해하던 히로아키가 곧바로 뭔가를 깨달았는지

코우타를 가리키며 말했다.

"도, 동정이라니?! 어, 어어어어어어, 어떻게?!"

코우타가 기겁하며 몹시 당황했다. 그 옆에서 로아나가 불편해하며 얼굴을 붉혔고 레이가 재밌다는 듯이 웃음을 터뜨렸다.

"흥. 나랑 너희 또래 남자가 '성장하고 싶다, 번뜩!'이라는 말을 할 때는 대부분 동정을 못 뗐을 때이기 마련이지. 좋아하는 여자한테 차였지?"

히로아키가 히죽히죽 웃으며 추측했다.

"으악, 정곡. 대단해요, 히로아키 씨."

"역시."

레이와 히로아키가 즐거워했다.

"뭐, 뭐 잘못됐어요?!"

코우타가 얼굴이 새빨개져서 되물었다.

"아니, 잘못되지는 않았어. 여자한테 차여서 여행하며 성장하고 싶다니, 바람직하게 차였구나. 나는 그런 인기 없는 남자를 좋아해."

"크윽……. 그, 그야 히로아키 씨에게는 로아나 씨가 있어서 그렇고 그런 관계일지도 모르지만……!"

"……멍청아! 로, 로아나처럼 지위 있는 여성 귀족은 혼전순결을 지킨다고!"

"네? 그, 그래요?"

코우타가 깜짝 놀랐다.

"그, 그 말은, 그럼……."

그리고 허둥지둥하며 히로아키와 로아나를 번갈아 보았다.

"……."

로아나는 뺨을 붉히고 말이 없었다.

"너, 너, 그거 성희롱이야! 그 전에 로아나 앞에서 이상한 소리 하지 마!"

히로아키가 의외로 순진한 반응을 보였다. 옆에 있는 로아나가 그런 말을 듣는 게 싫었나 보다.

"아, 아니, 히로아키 씨가 동정이 어쨌다느니 하면서 시작했잖아요. 여자 앞에서 동정 운운하는 것 자체가 성희롱이거든요!"

코우타의 반박은 맞는 말이었다.

"네가 동정을 못 뗀 게 잘못이야!"

그러자 히로아키가 잘라 말했다.

"코우타가 동정을 못 떼긴 했지."

"으……."

레이는 히로아키 편에 섰다. 코우타는 더 반론할 수 없었다.

"……으이구, 야, 코우타. 너 모험가가 돼서 여행하기보다 여자를 사귀어서 동정부터 졸업해."

히로아키가 피곤한 듯 코우타에게 조언했다.

"이, 이야기가 왜 그렇게 되는데요?"

"네가 동정이라서."

"도, 동정, 동정 하지 마세요……. 이유를 가르쳐주세요."

코우타가 조금 울컥해서 입이 삐쭉였다.

"솔직하게 말해. 너 아직 그 여자 좋아하지?"

"헉……."

정곡을 찔렀는지 코우타의 얼굴이 새빨개졌다. 확인할 것도 없었다.

"어떻게 알았냐는 표정이네. 네가 성장하고 싶은 건 널 찬 여자에게 미련이 있어서야. 그 여자에게 네가 성장한 모습을 보여주고 싶은 거지."

히로아키가 자신의 지적이 옳다는 전제로 말했다.

"윽…… 왜, 왜 그렇게 다 아는 것처럼 말하는 거예요? 히로아키 씨도……."

나처럼 동정 아니냐는 말이 목구멍까지 나왔지만, 코우타는 할 말이 있는 눈으로 히로아키를 보기만 했다.

"멍청아. 아니다, 됐어. 일단 너, 레이와 같이 내 보좌관이 돼라."

히로아키가 은근히 여유로운 미소를 지으며 말했다.

"아니, 그렇게 갑자기……."

코우타가 주저했다.

"괜찮지? 레이."

"네, 저는 딱히 상관없습니다."

레이는 냉큼 승낙했다.

"끝났네. 너희 둘 다 오늘부터 내 보좌관이야."

"아니, 잠깐만요."

"뭐 어때? 어차피 한동안은 내 소설책을 만들어야 해. 여행은 그 뒤에 떠나도 되잖아. 그러니까 넌 적어도 그때까지는 내 보좌관이야. 일단 내 전속 일러스트레이터로 그림을 그려."

히로아키가 반쯤 강제로 일을 진행했다.

"로아나, 이 녀석들의 지위가 오르게 처리해줘. 내 보좌관이니까. 코우타는 몰라도 레이의 작위는 올려줘."

코우타가 뭐라고 하기 전에 이야기를 정리했다.

"……알겠습니다."

로아나는 주저하는 코우타를 염려하는 시선으로 바라보았지만, 정중하게 고개를 끄덕였다.

"레이, 이 녀석과 괜찮은 사이가 될 법한 여자 없어?"

"음, 미카엘라 벨몬드라는 아이가 있어요. 제 약혼자와 친하다 보니 로다니아 학원에서 넷이서 같이 강의를 들었습니다."

"오, 로아나가 아는 녀석이야?"

"면식은 없지만, 벨몬드라는 남작 가문의 아가씨로 알아요."

"그렇구나, 남작 아가씨라. 그 둘도 너희와 함께 이곳에 왔어?"

히로아키가 레이를 보며 물었다.

"아뇨, 둘 다 로다니아에 있습니다."

"좋아. 그럼 네 약혼자와 같이 이 성으로 불러."

"네? 아니, 부르고 싶어도 쉽게 데려올 수 있나요?"

마도선이라는 이동 수단이 있지만, 기본적으로는 고위 귀족이나 군인을 위한 탑승물이었다. 남작 가문의 아가씨가 이동 수단으로 쉽게 이용할 수 있는 게 아니었다. 마도선을 움직이려면 상응하는 지위에 있는 왕후 귀족의 허가가 필요했다.

"마도선을 타면 몇 시간이잖아. 내 보좌관이 된 이상, 너는 내 부하야. 누구와 약혼했는지 상사로서 빨리 만나보고 싶어. 그러니까 처리해줘, 로아나."

"그리하겠습니다."

그러나 용사인 히로아키의 명령이라면 이야기가 달랐다. 로아나도 이렇다 할 난색을 보이지 않고 정중하게 고개를 끄덕였다.

"부탁할게."

히로아키가 만족하며 말했다.

"그래서 말인데. 일단 너 차인 이야기 좀 자세히 털어봐봐."

그리고 코우타가 실연당한 사정을 캐물었다.

리오가 근접전투를 지도한 지 보름이 지난 어느 날 밤.

저택 식당에는 리오, 미하루, 세리아, 라티파, 아이시아, 사라, 오피아, 아르마와 최근 저택에서 지내는 사츠키가 있었다.

그들은 저녁 식사를 마치고 차를 우리고 있었다.

"오늘은 조금 진지한 이야기를 해도 될까요? 주로 사츠키 씨와 사라 씨, 오피아 씨, 아르마 씨 그리고 세리아와 미하루 씨에게요."

리오가 조금 진지한 분위기로 일행의 얼굴을 둘러보며 말했다. 그들은 고개를 갸웃거리며 얼굴을 마주 보았다.

"……물론이야. 뭔데?"

사츠키가 대표로 물었다.

"실은 여러분과 앞으로의 일로 의논하고 싶어서요."

"……앞으로의 일?"

"제가 하고 싶은 일과 여러분이 하고 싶은 일이 다를지도 모르니 여러분의 의향을 확인하고 싶어요. 그리고 몇 가지 정보도 공유하고요."

리오가 설명하고 자연스럽게 사라와 라티파 일행을 보았다.

"그렇구나. 성실하네. 하루토 군다워."

자기 마음대로 여기 있는 사람들의 동향을 결정하지 않은 걸 좋게 생각했는지 사츠키가 키득 웃었다.

"우선 저번에도 잠깐 이야기가 나왔지만, 앞으로 3주나 4주 정도 뒤에 저택을 비울 생각입니다. 돌아오는데 최소

두 달은 걸릴 거예요.”

리오가 첫 용건을 말했다.

“……어디로 갈 건지 물어봐도 돼?”

진지한 분위기에 사츠키가 리오의 안색을 살피며 물었다.

“네. 우선 사라 씨네가 태어난 마을로 갈 거예요. 그 뒤에는 제 부모님의 고향으로 가려고요.”

“하루토 군 부모님의 고향? 그곳은 분명…….”

“야구모 지방입니다.”

“맞아, 거기. 제법 먼 곳이지? 슈트랄 지방 밖, 동쪽에 펼쳐진 위험한 미개척지 너머 저 멀리 있다며…….”

사츠키가 그런 곳에 어떻게 가냐는 듯이 리오를 바라보았다.

“걸어서 이동하려면 연 단위로 시간이 걸리겠지만, 하늘을 날면 한 달도 안 걸리니 갈 수 있어요. 그래도 위험하기는 하지만…….”

지도도 나침반도 없으니 태양의 위치로 방향을 판단하며 가는 수밖에 없어서 이동 시간은 낮으로 한정됐다. 위험한 생물이 날아다녀서 습격당하기도 하고 이상기후로 하늘을 날지 못하기도 했다.

“아……. 그럼 하늘을 날아도 갔다 오는 데 두 달은 걸린다는 거구나.”

“네, 그렇죠.”

전이결정을 쓰면 정령의 주민의 마을까지 가는 시간을

줄일 수 있지만, 이야기가 다른 길로 샐 것 같아 지금은 설명하지 않기로 했다.

"그렇게 시간을 들여서까지 왜 야구모 지방에 가는 거야?"

"친척에게 근황을 알리러 가고 싶어요."

"응? 하루토 군, 친척이 있어? 야구모 지방에?"

사츠키가 당황했다. 리오는 어릴 적에 슈트랄 지방에서 부모님을 잃고 고아가 되어 슈트랄 지방에서 큰 줄 알았다. 과거를 묻기 미안하기도 해서 고향에 직접 가봤다는 것까지만 알았다.

"사츠키 씨에게는 말하지 않았지만, 있어요."

"오, 그럼 만나기도 했구나."

"네."

"흐음, 만나보고 싶은걸. 어떤 사람들이야?"

사츠키가 관심을 보였다. 다른 사람들도 마찬가지인지 리오를 물끄러미 바라보았다.

"친할머니와 사촌. 그리고 외할머니, 외할아버지가 계세요."

"오호. 사촌은 남자? 여자?"

"저보다 한 살 위의 여자인데요⋯⋯."

"나랑 동갑이구나. 아, 굉장히 만나고 싶어졌어!"

"본론은 지금부터예요. 사라 씨네도 마을에 근황을 보고하러 저택을 떠날 건데, 다른 분들은 어떻게 하시겠어요? 같이 가면 최소 두 달은 슈트랄 지방으로 돌아오지 못하고 친척에게 인사하러 가는 건 어디까지나 제 개인적인 용무니까 저택에 머무셔도 되는데…….”

아니면 정령의 주민의 마을에 가서 기다린다는 선택지도 있었다.

“나! 나는 오빠랑 같이 갈래! 오빠의 친척은 내 친척이기도 하니까. 인사하고 싶어.”

“나도 하루토와 같이.”

라티파가 제일 먼저 손을 들고 대답했다.

아이시아도 뒤를 이었다.

“……장로님들의 허락을 받아야겠지만, 저희도 마을로 돌아간 후에 야구모 지방까지 동행하고 싶습니다.”

사라가 오피아와 아르마에게 눈짓하고 소극적으로 의사를 밝혔다.

“나도 가고 싶어!”

사츠키가 힘차게 손을 들었다.

“사츠키 씨는 성에서 나가면 안 되잖아요.”

잠깐 야구모 지방에 다녀오겠다고 보고한다고 쉽게 허락이 떨어질 리 없었다.

“그렇긴 한데…….”

사츠키가 귀엽게 볼에 바람을 넣었다.

“미하루 씨와 세리아는 어떻게 할래요?”

“음, 나는…….”

미하루가 조심스럽게 사츠키를 보았다. 사츠키 홀로 두고 가기 미안해서일까?

"나 두고 가도 괜찮아, 미하루. 못 가는 거 알아서 토라져 본 거야."

사츠키가 쓴웃음 지으며 미하루에게 말했다.

"네. 그런데 아키네 일도 있어서……."

"아, 그렇구나. 맞아. 떨어진 지 꽤 됐으니까 저쪽이 어떻게 지내는지 궁금할 거야. 최소한 두 달은 슈트랄 지방을 떠나야 하고."

시간에 맡기고 지켜보기로 했지만, 떨어진 지 몇 달이 지났다. 어떻게 지내는지 궁금한 게 당연했다.

미하루는 망설이는 얼굴로 고개를 숙였다.

"……다녀와도 될까요?"

하지만 속으로 자신의 마음과 여러 가지 사정을 저울질하고 자신의 의사를 우선하기로 했는지 다시 고개를 들고 사츠키에게 부탁하듯이 물었다.

"물론 되지. 가 있는 동안 나한테 맡겨."

사츠키는 미하루가 웬일로 자기 의사를 우선해서 기뻤는지, 아니면 자신을 의지해줘서 기뻤는지 당당하게 가슴에 손을 대고 미하루의 부탁에 부응했다. 그리고 미하루를 격려하듯이 이어서 말했다.

"진전이 있는지 마사토에게 편지로 다시 물어볼게. 미하루가 돌아올 때쯤에는 답장이 올 테니까 기대해."

"……고마워요, 사츠키 씨."

"인사는 됐어. 서먹하잖아."

미하루가 깊이 머리를 숙이자 사츠키가 낯간지러워하며 고개를 저었다.

"저도 잘 부탁드립니다, 사츠키 씨."

"응."

리오도 인사하며 부탁하자 사츠키가 더 낯간지러운 표정을 지었다.

"이제 세리아만 남았네요. 어떻게 할래요? 레스토라시온 일도 있고 벨트람 왕국 본국 일도 있으니까 저택에 머물러도 괜찮아요."

리오는 본국에서 헤어진 본가의 동향이 궁금하리라 생각하고 세리아의 표정을 살폈다.

"……아니, 나는 지금 네 보좌관인걸. 당연히 같이 갈 거야."

세리아는 아주 잠깐 말이 없었지만, 밝게 웃으며 대답했다.

"괜찮겠어요?"

"응. 본국 정보가 은연중에 들어오는데 본가는 괜찮은 모양이고 내 힘으로는 본국과 레스토라시온의 관계를 어떻게 할 수 없는걸. 크리스티나 님께 맡기는 수밖에 없어. 그리고 그 크리스티나 님이 네 보좌관으로 임명하셨고……."

세리아가 거기서 말을 끊고 리오를 가만히 바라보았다.

"……다른 이유도 있나요?"

"응. 뭐, 네 친척도 만나보고 싶고……."

리오가 고개를 갸웃거리며 묻자 세리아가 조금 쑥스러

워하며 말했다.

"알겠습니다. 그럼 야구모 지방까지 같이 가요."

"……응."

세리아가 기뻐하며 고개를 끄덕였다.

"제일 먼저 인사하는 사람은 동생인 나야, 오빠!"

그러자 라티파가 볼에 바람을 넣고 세리아를 견제하며 주장했다.

"알았어."

리오가 쓴웃음 지으며 수긍했다.

"그러면 우리가 먼저 마을로 돌아가는 게 좋겠습니다. 우리 마을에도 세리아 씨를 데려가고 싶으니 최고 장로님들의 허락을 받아야죠."

사라가 오피아와 아르마를 보더니 갑자기 말문을 열었다.

"……셋이서 먼저 돌아간다고요?"

리오가 잠깐 뜸을 들이고 물었다.

"네. 리오 씨가 소개하는 사람이라 바로 데려가도 문제없겠지만, 미리 승낙받는 편이 좋을 것 같습니다."

"……그러니까 확인받은 후에 여기로 돌아온다는 거죠?"

"그렇죠."

즉, 세 사람끼리 미개척지를 이동한다는 것이었다. 어지간하면 큰일은 없겠지만, 미개척지에는 사라 일행도 애먹거나 자칫하면 이기기 어려운 위험한 생물도 있었다.

"제가 갈게요."

리오가 제안했다.

"리오 씨는 이 저택의 주인이니까 여기 계세요. 그보다 조금은 우리 실력도 믿어주세요. 걱정해줘서 기쁘고 리오 씨와 아이시아 님만큼은 안 되지만, 미개척지를 여행할 정도는 되니까요."

사라가 조금 시큰둥한 눈으로 리오를 보았다.

"……." "애들아……."

리오와 세리아가 무슨 말을 하려고 했다.

"앗, 사과하거나 고마워하지 말아요."

"맞아요, 오직 리오 씨와 세리아 씨를 위해서 하는 일이 아니니까요."

"우리가 하고 싶은 걸 하는 겁니다."

오피아와 아르마 그리고 사라가 먼저 말했다.

"……알겠습니다. 그럼 갈 때는 제가 가진 전이결정을 쓰세요. 그러면 이동 시간을 줄이고 위험한 일도 피할 수 있을 거예요."

"네. 그건 감사히 따르겠습니다."

사라가 만족스럽게 고개를 끄덕였다.

"……전이결정? 크리스티나 왕녀와 플로라 왕녀가 납치됐을 때 사용된 마도구와 이름이 같네?"

사츠키가 눈을 깜빡이며 물었다.

"네, 실은 실물이 있어요."

리오가 조금 전에는 설명을 생략한 전이결정에 관해 가

르쳐줬다. 사츠키는 믿을 수 있으니 숨길 필요 없었다.

"앗, 굉장해! 그게 있으면 워프할 수 있는 거지?"

사츠키가 큰 호기심을 보였다.

"어디든 자유롭게 갈 수 있는 건 아니에요. 사라 씨네 마을만 갈 수 있고, 전이하면 다시 이곳으로 전이해서 돌아올 수 없어요."

"아니, 그래도 대단한 물건이잖아."

"그렇죠. 그러니까 다른 사람에게는 말하지 마세요. 슈트랄 지방에서는 잊힌 마술로 만든 아주 귀한 물건이니까요. 이걸 빼앗기면 사라 씨네 마을이 침입당할 수도 있어요."

"……응, 알았어."

사츠키가 심각한 표정으로 고개를 끄덕였다.

"이제 사라 씨네 일도 이 기회에 제대로 이야기해보죠."

리오가 사라 일행을 보며 다른 이야기를 꺼냈다.

"……괜찮겠어? 숨겨진 마을 일도 있어서 자세히 말할 수 없잖아? 이런 마도구도 있으니까 사정은 이해해."

사츠키도 시선을 옮겨 사라 일행의 안색을 살폈다. 사츠키는 그들이 슈트랄 지방 밖에 있는 숨겨진 마을에 산다는 것밖에 몰랐다.

"세 사람이 원하는 일이에요."

저택을 떠나기 전에 사츠키에게는 제대로 말하고 싶다고 사라 일행이 리오에게 부탁했다. 참고로 샤를로트에게도 말해야 하나 고민했으나 왕족이라서 이번에는 넘어가기로 했다. 하지만 고민할 정도로 샤를로트를 신용하게 됐다.

"사츠키 씨와 더 친해지고 싶으니까 숨기지 않고 말하고 싶다는 대화를 나눴습니다. 신경 써주시는 것도 알았고요."

"거리를 둔다고 해야 하나, 벽을 세운 것 같아 싫었어요."

"그러니까 들어줬으면 좋겠어요."

사라, 오피아, 아르마가 털어놓았다.

"……고마워. 그런데 마을의 규칙은 괜찮아? 무리하지 않아도 돼."

사츠키가 무척 기뻐하며, 쑥스러워하며 고맙다고 했다. 그리고 세 사람이 무리하는 건 아닌지 확인했다.

"네. 규칙에는 예외도 있습니다."

사라도 조금 쑥스러워하는 얼굴로 대답했다. 이리하여 사츠키도 사라 일행의 종족과 마을에 관해 알게 되었다. 사라 일행이 마을로 떠난 것은 이틀 후의 일이다.

【 제 3 장 】 ✸ 마을로, 재회

약 3주 후.

사라 일행이 정령의 주민의 마을에서 다시 슈트랄 지방으로 돌아왔다. 영체화한 사라의 계약정령 헬이 저택에 숨어들어 와 리오 일행에게 귀환을 알렸다.

리오는 그날 밤에 홀로 저택을 나가 사라 일행이 머무는 왕도 근교 숲에 숨긴 바위 집으로 걸음을 옮겼다.

"늦어서 죄송합니다."

"아닙니다. 자, 들어오세요."

사라 일행의 권유에 리오는 안으로 들어갔다.

"오랜만이에요, 리오 씨."

"안녕하세요."

안에서 오피아와 아르마가 리오를 맞이했다.

"모두 건강한 것 같아 다행이에요. 별일 없었죠?"

"네. 세리아 씨를 마을로 데려와도 된다고 허락받았습니다. 전이결정 마력도 보충했으니 언제든 출발할 수 있어요."

"알겠습니다. 그럼 며칠 내로 출발하죠."

"네. 그런데 다른 문제……인지 아닌지 판단이 안 섭니다만, 마을로 돌아가면 리오 씨가 만났으면 하는 사람들이 있습니다."

사라가 조금 모호한 말투로 리오에게 보고했다.

"제가요? 별 상관은 없는데…… 대체 누구죠?"

리오가 의아해하며 고개를 갸웃거렸다.

"그게 뭐라고 해야 하나, 그것도 리오 씨와 만나서 직접 이야기하고 싶다고 부탁해서……. 자세한 설명은 마을에 가서 그 사람들에게 들어주시겠습니까?"

사라가 설명하기 곤란하다는 얼굴로 뺨을 긁적였다.

"……그렇다면 알겠습니다."

지금 당장은 상황 파악이 안 됐지만, 사라가 이렇게 말하는 데는 무슨 이유가 있으리라. 그걸 눈치채지 못하고 꼬치꼬치 캐물을 리오가 아니었다. 지금은 일단 넘어가고 마을로 돌아갈 날을 기다리기로 했다.

그리고 며칠 뒤.

드디어 리오 일행이 정령의 주민의 마을로 가는 날이 찾아왔다.

장소는 가르아크 왕성의 부지 내. 리오의 저택 현관 앞에는 지금부터 떠날 사람들과 배웅하러 온 사츠키와 샤를로트가 있었다. 프랑수아에게는 사전에 인사했고 크리스티나와 플로라에게도 세리아를 데리고 저택을 비운다고 보고했다. 리제롯테와도 작별 인사를 마친지라 배웅하러 오지 않았다.

"또 두 달은 돌아오지 않으신다니…… 쓸쓸해요."

샤를로트가 토라져서 볼을 부풀리고 리오를 코앞에서 애교 있게 올려다보았다. 이성에 익숙하지 않은 청소년이라면 이걸로 넘어갔으리라.

"……돌아오면 또 한동안 저택에 머물겠습니다."

리오가 불편한 듯 시선을 피하며 대답했다. 그 옆에서 라티파가 눈을 번뜩였다.

"샤를로트 님, 쪼오금 가깝네요."

입을 쭉 내밀고 두 사람의 거리감을 지적했다.

"이제 떨어져 있어야 하니까 가까이 있는 거예요."

샤를로트는 리오에게 다가가 아슬아슬할 정도로 거리를 좁혔다. 그리고 리오의 가슴에 상체를 기대었다.

"오빠!"

라티파가 비명에 가까운 소리를 질렀다. 다짜고짜 떼어내지 않은 건 상대가 왕녀라는 상식이 열심히 일했기 때문이리라. 한편, 마찬가지로 상대가 왕녀라서 말을 못 하는 건지, 성격 때문인지 미하루와 세리아는 조마조마하게 지켜보았다.

"……샤를로트 님, 장난이 지나치십니다."

리오는 샤를로트의 양어깨에 손을 올리고 천천히 거리를 두려고 했다.

"장난이 아닌걸요……."

그러나 샤를로트는 리오의 오른손을 우아하게 잡아 자

신의 뺨으로 살며시 유도했다. 그리고 리오의 손끝을 자신의 입술에 댔다.

"키스, 해버렸네요."

샤를로트는 발그레 얼굴을 붉혔다. "저 이게 처음이에요"와 "장난으로 이런 짓은 하지 않아요"라는 말을 덧붙이며…….

"아, 아니에요! 이건 아니야! 손가락이잖아요, 손가락!"

라티파가 주장했다.

"그럼 이번에는 입술과 입술의 키스를 해주세요."

샤를로트가 리오의 입가에 뜨거운 시선을 던졌다.

"오빠!"

라티파가 리오를 당겨 샤를로트에게서 떼어놓으려고 했다.

"……으이구, 미혼 왕녀님이 키스라니 당연히 안 되지. 지금 건 못 본 걸로 할 테니까 그쯤에서 그만해, 샤를."

반쯤 넋이 나가 지켜보던 사츠키가 라티파의 비명에 정신이 들었는지 한숨을 내쉬고 샤를로트에게 한마디 했다.

"그렇다고 하시네요."

용사인 사츠키의 엄호사격 덕분에 리오는 간신히 샤를로트와 떨어졌다. 대신 라티파가 달라붙었지만…….

'출발하기도 전부터 지쳤어.'

이제부터 출발인데 여행이 막 끝난 듯한 정신적 피로를 느꼈다.

"샤를이 또 이상한 짓 하기 전에 얼른 마차에 타, 하루토 군."

사츠키가 한숨을 내쉬며 근처에 대기하는 마차에 타라고 리오를 재촉했다.

"그럼 실례하겠습니다. 갈까요?"

리오는 근처에 있던 미하루, 세리아, 아이시아를 보았다. 그리고 마지막으로 자신의 왼쪽 팔에 매달린 라티파를 내려다보고 머리를 쓰다듬었다. 그리고 작별 인사를 나누고 마차에 올라 저택을 떠났다.

"스즈네 님이 부러워요. 세리아 님과 미하루 님, 아이시아 님도."

"이럴 때는 우리끼리 목욕이라도 하자. 하루토 군이 언제든지 저택에 와서 써도 된다고 했으니까 자주 써야지. 등 밀어줄게."

샤를로트가 마차를 배웅하며 쓸쓸하게 중얼거렸다. 사츠키는 그녀를 보고 자기도 조금 쓸쓸하게 웃고는 밝은 목소리로 같이 목욕하자고 권했다.

◇ ◇ ◇

성을 떠난 리오 일행은 귀족 거리 문까지 이동해 마차에서 내리고 걸어서 왕도 밖으로 나갔다. 길을 따라 걷다가 인기척이 사라졌을 때쯤 길을 벗어나 사라 일행이 대기 중인 바위 집으로 이동했다.

집의 결계 내부로 들어가자 사라 일행이 나왔다.

"어서 오십시오."

"미하루 언니와 다른 사람들에게는 다녀왔다고 해야 하지 않나요?"

마을에서 돌아온 건 우리니까, 라고 아르마가 말했다.

"그렇긴 한데…… 모두 바위 집으로 돌아왔지 않습니까?"

"후후, 그럼 둘 다 아니야?"

오피아가 즐거워하며 제안했다.

"다녀왔습니다! 그리고 어서 와! 언니들, 오랜만이야!"

라티파가 기뻐하며 힘차게 손을 들고 말했다.

"셋 다 잘 지낸 것 같아서 다행이야."

"오랜만에 바위 집에 모두 모이니 집에 돌아온 느낌이네요."

미하루와 세리아도 자기 생각을 말했다.

"여기서 한숨 돌리고 싶지만…… 바로 마을로 가도 될까요?"

아이시아와 나란히 선 리오가 일행에게 말했다.

"그러자. 사라네 마을에 빨리 가보고 싶어."

세리아가 큰 기대감을 보이며 조금 흥분해서 동의했다.

"우리 마을에 가는 걸 그렇게 기대해주시니 기쁩니다."

사라가 조금 쑥스러워했다.

"복슬복슬하잖아! 복슬복슬 천국! 사라와 라티파 외에도 많은 아이의 털을 만져보고 싶어."

"아하하!"

모두 즐겁게 웃었다.

"그러니까 빨리 가자."

세리아가 부끄러워서 얼굴을 붉히고 재촉했다.

"그럼 집을 정리할게요. ≪스토리지≫."

오피아가 팔에 찬 시공의 장을 사용해 바위 집을 수납했다. 그러자 집이 있던 곳이 순식간에 공터가 되었다.

"그럼 전이결정을 쓰겠습니다. 효과 범위가 있으니까 되도록 가까이 오세요. 사람도 많으니까요."

"네!"

라티파가 앞장서서 리오의 오른팔에 매달렸고 아이시아도 반대쪽에서 리오에게 바짝 밀착했다.

'이렇게 밀착할 필요는 없는데…….'

유효 반경은 기껏해야 3미터 정도지만, 일곱 명이라면 바짝 달라붙을 정도는 아니었다. 리오는 부끄러워서 살짝 굳은 표정으로 낯간지러운 듯 시선을 내렸다.

"으, 응. 이러면 될까?"

아이시아와 라티파에게 질 수 없는지 세리아도 정면에서 리오에게 달라붙었다. 키 차이가 있어서 딱 가슴팍에 얼굴이 닿았다.

"네, 네……."

리오는 당황해서 어색하게 고개를 끄덕였다.

"……."

남은 공간은 리오의 등뿐. 미하루, 사라, 오피아, 아르마의 시선과 의식이 자연스럽게 그쪽에 집중됐다. 이번에 움직인 사람은······.

네 명이 동시에 움직였다. 그러나 리오의 등에 가장 가까이 있던 사람은 미하루였다. 다른 세 사람은 앞에 서 있어서 뒤로 돌아가야 했다.

"······미, 미하루 씨?"

예기치 못한 감촉이 뒤에서 밀려와 리오는 당황했다. 앞에 사라 일행이 있으니 뒤에서 밀착한 인물은 미하루일 수밖에 없었다.

리오는 그것이 의외였다. 지금까지 미하루가 스스로 리오에게 밀착한 적이 없었으니까······.

무심코 고개를 틀어 뒤를 보려고 했다.

"뒤, 뒤돌아보지 않았으면······ 좋겠어요."

미하루가 떨리는 목소리로 리오를 말렸다. 얼굴이 달아오른 복숭아처럼 붉게 물들었다. 리오에게 보이고 싶지 않았다.

"앗, 미하루 언니 얼굴이 새빨개."

라티파가 눈을 동그랗게 뜨고 말했다.

"아, 안 빨개."

부정하는 미하루의 목소리가 제법 흥분했다. 자기도 얼굴이 불난 것처럼 뜨겁다는 걸 느꼈다.

"저기, 딱히 이렇게까지 밀착할 필요는······."

리오가 조심스럽게 주장하려고 했다.

"잠깐, 다들 리오 씨에게 너무 달라붙었습니다!"

"자기들만 달라붙다니 치사하지? 사라."

"그렇습니다! 앗, 그게 아니라?!"

"알았으니까 더 붙어보세요. 우리가 들어갈 곳이 없어요."

사라, 오피아, 아르마가 달라붙어서 더 소란스럽고 답답해졌다.

'우, 움직일 수가 없어……'

엄청난 속도로 이동해서 상대의 공격이 스치지도 못하는 리오가 완전히 봉쇄됐다. 완벽한 포위망이었다.

리오가 조금이라도 손발을 움직이면 닿으면 안 되는 부위의 감촉이 느껴질 것 같았다. "나 거기 있을래, 사라 언니!"라는 소리와 "얼굴이 너무 가까워, 아이시아!"라는 떠들썩한 소리가 울려 퍼졌다.

"그러니까 이렇게 밀착할 필요는……"

리오의 소극적인 주장에 대답하는 사람은 없었다.

'아니, 됐다. 얼른 전이해서 저쪽에서 떨어지자.'

리오는 무념무상을 되새겼다.

"그, 그럼 갈게요. 주문을 외우겠습니다. ≪텔레포트≫."

리오가 주문을 외워 손에 든 전이결정을 발동했다. 그 순간, 전이결정을 든 리오를 기점으로 공간이 소용돌이처럼 뒤틀렸다.

순식간에 주변 풍경이 바뀌었다. 가르아크 왕국 근교에 있는 숲에서 미개척지 깊은 곳에 있는 정령의 주민의 마을 부근으로 전이했다. 하늘을 날면 거의 1, 2분 내로 마을 청사에 도착할 위치였다.

슈트랄 지방과 마을은 시차가 있지만, 아직 밝은 시간대라 주위에 볕뉘가 비치는 숲이 펼쳐졌다. 리오 일행은 샘 옆에 서 있었는데 머리 위로 푸른 하늘이 펼쳐졌다.

평소에는 아주 고요하고 마음 편한 공간이리라. 그러나 전이 직전까지 떠드느라 전이한 걸 눈치채지 못했는지 전이 중에도 멈추지 않던 소녀들의 목소리가 숲속에 울려 퍼졌다.

"……도착했어요."

리오가 지금도 자신에게 달라붙은 소녀들을 향해 한숨 쉬며 말했다. 그리고 전이가 성공했는지 확인하기 위해 주위를 둘러보았다. 그러자 한 방향에서 시선이 느껴졌다. 리오는 그곳을 보았다.

그곳에는 동양식 옷을 입은 사람 몇 명이 샘 근처에 있는 바위에 앉아있었다. 리오 일행이 갑자기 전이했기 때문인지, 아니면 리오가 아름다운 소녀들에게 둘러싸였기 때문인지 놀라서 눈을 끔뻑거렸다.

'……어떻게 이곳에?'

리오는 그 사람들을 알았다. 이 마을을 들른 후에 갈 곳에 있어야 하는 사람들이었다.

리오는 자기도 모르게 굳어서 고개를 갸웃거렸다. 리오에게 밀착한 소녀들의 시선도 자연스럽게 그쪽으로 끌려

갔다. 리오 일행과 동양식 옷을 걸친 사람들이 서로를 마주 보게 되었다. 그러자 곧 한 남자가 일어섰다.

"어떻게 이곳에 계세요? 고우키 씨."

리오가 서 있는 남자에게 물었다. 그렇다. 그 사람은 카라스키 왕국의 상급 무사 사가 고우키였다. 과거에 리오의 아버지 젠과 함께 어머니 아야메를 호위한 인물이었다.

"뭐라고 말씀드려야 할지, 이 샘에 있으면 리오 님이 오실 거라는 이야기를 듣고 기다리고 있었습니다만……."

고우키는 겸연쩍게 뺨을 긁적이더니 리오를 에워싼 소녀들을 찬찬히 둘러보았다.

"인기가 많다는 게 이런 거군요. 거참 역시 아야메 님과 젠의 아드님이십니다."

그리고 와하하하, 호쾌하게 웃었다.

"아니, 그게…… 하하."

리오가 쓴웃음으로 넘어갔다. 미하루, 세리아, 라티파가 대체 누구인지 고우키 일행을 살폈다. 한편 마을에 잠깐 다녀온 사라 일행은 고우키 일행이 온 걸 알았는지 리오의 안색을 살폈다. 참으로 묘한 분위기가 감돌았다.

"대감, 리오 님을 곤란하게 하지 마세요."

고우키의 뒤에 있던 아내, 사가 카요코가 남편에게 서늘하게 말했다. 장난칠 때가 아니라는 듯이…….

"으, 음."

고우키가 어색하게 고개를 끄덕였다.

"리오 님이 이미 거절하셨지만, 당신을 모시고 싶어 급히 달려왔습니다. 대단히 송구하오나 다시 말씀드릴 기회를 주시겠습니까?"

그리고 그 자리에 한쪽 무릎을 꿇고 공손하게 말하며 리오에게 탄원했다.

"부탁드립니다, 리오 님!"

그리고 어린 소녀의 목소리가 이어서 들렸다. 고우키의 딸 사가 코모모였다. 그 옆에는 호위 겸 시종인 아오이도 있었다.

"……코모모도 왔군요. 그리고……."

리오는 고우키와 코모모 뒤에 숨은 소녀를 보았다. 그 옆에는 낯익은 소년도 있었다.

"신 씨와 사요 씨까지……."

그렇다. 리오가 예전에 살았던 마을의 주민인 신과 사요 남매였다. 리오가 야구모 지방을 떠나기 전에 헤어졌는데 어떻게 여기 있는 걸까. 리오는 그 이유를 생각하며 조금 난처한 표정을 지었다.

"야, 사요. 왜 그런 데 숨어있어? 이리 와."

"자, 잠깐, 오빠……."

신은 뚱한 목소리로 사요의 손을 잡아당겨 리오가 잘 볼 수 있는 위치로 억지로 끌고 왔다. 리오와 밀착한 세리아와 라티파 일행과 순간 눈이 마주치자 사요는 고개를 푹 숙이고 불편해하며 시선을 피했다.

"……."

리오를 에워싼 소녀들은 사요의 반응을 보고 리오와 무슨 일이 있다고 확신했다.

"쳇, 좀 당당하게 행동해."

신은 리오 곁에 있는 소녀들과 사요를 번갈아 보더니, 눈을 가늘게 뜨고 리오를 노려보았다.

"……아무튼 다시 만나서 반가워요. 마침 야구모 지방으로 돌아갈 생각이었습니다. 장소를 바꿀까요? 장로님들에게도 인사드려야 해서."

리오가 조금 민망한 듯 얼굴에 그늘을 드리우면서도 표정을 풀고 웃으며 제안했다.

"물론, 기꺼이."

고우키가 깊이 고개를 숙였다. 이리하여 일행은 일단 마을 청사로 이동하게 되었다.

장소는 마을 청사.

최상층에 있는 한 방에서.

리오는 최고 장로인 실드라, 도미니크, 아슬라와 재회했다. 서로 재회를 기뻐하고 리오는 세리아를 장로들에게 소개했다.

"처음 뵙겠습니다. 세리아 크렐이라고 합니다. 마을에

초대해주셔서 진심으로 감사드립니다."

세리아는 의자에서 일어나 치마를 살짝 잡고 예의 바르게 인사했다. 가정 교육을 잘 받은 게 느껴져서 장로들과 고우키 일행의 눈이 커졌다.

"최고 장로 중 한 명, 하이엘프인 실드라. 잘 왔다, 리오 공의 은사여. 여기 있는 두 사람도 최고 장로로 여우 수인인 아슬라와 엘더드워프인 도미니크다."

"아슬라일세. 리오 공에게 이야기는 들었네. 아이들과 라티파가 신세 진 모양이구먼. 잘 부탁하네."

"환영해, 아가씨!"

최고 장로들이 세리아를 환영했다.

"아가씨…… 네. 잘 부탁드립니다."

아가씨라고 불린 건 처음인지 세리아가 눈을 살짝 크게 뜨더니 기뻐하며 키득 웃었다.

"안녕."

방 한쪽에 빛 입자가 모이더니 준고위 정령 드뤼어스가 모습을 드러냈다.

"오오, 드뤼어스 님."

"아이시아의 기척이 느껴져서 와봤어. 네가 세리아구나. 마을에 온다고 아이들에게 들었어. 드뤼어스야."

드뤼어스가 모습을 드러낸 이유를 말했다.

"당신이 아이시아와 같은 인간형 정령인……. 처음 뵙겠습니다, 세리아 크렐입니다. 저도 리오와 아이들에게 이야기 들었습니다."

"응, 반가워. 잘 부탁해."

"잘 부탁드립니다."

"……으음."

인사를 나누고 드뤼어스가 세리아의 전신을 물끄러미 응시하기 시작했다.

"왜 그러시나요?"

세리아가 눈을 깜빡였다.

"너 인간족치고는 마나와 친화성이 제법 높은걸. 오드 조작도 잘하지 않아?"

"제가요?"

"응, 마나가 네 몸에 자연스럽게 다가가는걸. 몸에서 나오는 오드 파장도 아주 예쁘고. 리오는 상식을 벗어난 수준이지만, 너도 제법이야. 하이엘프인 오피아와 비교해도 손색없을 정도로. 정말 엘프 같아. 선조 중에 엘프라도 있나? 격세유전?"

"……그런 걸 어떻게 아세요?"

"괜히 몇백 년이나 인간형 정령이었던 게 아니야. 뭐, 이 정도는 아이시아도 알겠지만. 정령은 오드만이 아니라 마나도 볼 수 있어."

"그렇군요……."

역시 몇백 년이나 존재한 고위 정령이라며 세리아가 감탄하듯 숨을 삼켰다. 아이시아도 드뤼어스와 동격 존재이고 전투에서 비교할 수 없는 힘을 자랑하지만, 과묵한 성격 때문인지 평소에는 그다지 정령다운 지식을 이야기하지 않아서 고위 정령이라고 실감하기 어려웠다.

"드뤼어스 님과 최고 장로님들께 세리아를 소개했으니 고우키 씨 이야기를 하고 싶은데요……."

리오가 한쪽에 있는 의자에 앉은 고우키 일행을 보며 말을 꺼냈다. 아내인 카요코, 딸인 코모모, 사요, 신까지 합쳐 십여 명은 있었다. 그중에는 리오가 모르는 사람도 있지만, 모두 카라스키 왕국에서 온 것은 틀림없었다.

"음. 그런데 어디서부터 이야기하면 좋을꼬."

아슬라가 고민하며 턱을 매만졌다.

"제 부모님과 고우키 씨가 무슨 관계인지는 이미 들으셨죠?"

"음. 본인이 없는 자리에서 과거를 파내서 미안하지만."

"아닙니다. 서로의 정체를 알았을 때 공통되는 화제가 저뿐이니까요. 그런데 서로 모르는 사람도 있고 상황 파악도 안 됐을 테니 제가 간단하게 여러분을 소개해도 될까요?"

"그래. 그러는 게 좋겠군."

"우선 저쪽에 있는 사람들은 제 부모님의 지인이었던 고우키 씨와 아내인 카요코 씨, 그리고 딸인 코모모. 야구모 지방에 있는 카라스키 왕국의 상급 무사…… 슈트랄 지방으로 말하면 군 관련 고위 귀족 본가의 당주라고 하면 이해하기 쉬울까요? 주변에 계신 분들은 아마도 가신일 겁니다. 그리고 제 아버지가 자란 마을의 주민인 신 씨와 동생인 사요 씨가 계시네요. 어떻게 이곳에 있는지는 파악하지 못했지만……."

리오가 고우키 일행을 손으로 가리키며 미하루와 세리아 일행에게 소개했다. 이름을 부르는 차례대로 꾸벅 인사해서 누가 누구인지 알 수 있었다.

"사가 고우키라고 합니다. 아니지, 슈트랄 지방에서는 이름을 앞에 쓰지요? 그렇다면 고우키 사가로군요. 여기 있는 아내 카요코와 리오 님의 아버지인 젠과 함께 리오 님의 어머니 아야메 님을 모셨습니다. 벌써 20년 넘게 지났군요."

고우키가 허리를 세우고 리오 곁에 앉은 세리아와 미하루 일행에게 자기소개했다.

"방금 최고 장로님들께도 소개했지만, 이쪽은 제 은사인 세리아 크렐. 의동생인 라티파와 함께 사는 미하루 아야세 씨. 그리고 저와 계약한 인간형 정령 아이시아입니다. 사라 씨 쪽은 이미 만나셨죠?"

리오가 이번에는 고우키 일행에게 세리아 일행을 소개했다.

모두 소개받은 소녀들을 흥미롭게 바라보았다. 특히 미하루는 야구모 지방에 사는 사람처럼 머리카락이 까맣고 이름 분위기도 비슷해서 그런지 한층 큰 관심을 보였다.

"네. 사라 공과는 3주 전에 대화를 나눴습니다."

고우키가 리오의 말을 받아 긍정했다.

"마을에서 저를 만나고 싶다고 한 사람들이 있다고 들었는데 여러분이었군요."

갑작스럽게 재회한 놀라움은 가신 모양이지만, 리오가 난처한 표정을 지었다.

"네. 놀라실 줄 알았지만, 직접 뵙고 말씀드리고 싶었습니다. 무단으로 리오 님을 뒤쫓은 무례를 용서해주십시오."

고우키가 바닥에 이마가 닿을 기세로 엎드렸다.

"무례라고 생각하지 않아요. 그냥 당황했다고 할까……
설마 쫓아올 줄은 생각도 못 했어요."

리오가 기가 막힌 듯 한숨 쉬며 심정을 토로했다. 어중간한 마음으로 쫓아온 게 아니란 걸 알기에 화낼 수 없었다.

"슈트랄 지방에는 홀로 돌아갈 테는 가신은 필요하지 않다고 단호히 거절하셨으니까요. 본인도 동행을 포기하겠다고 말씀드렸습니다."

"동행은 포기했지만, 쫓아오지 않겠다는 말은 안 했다는 건가요?"

"뭐, 그렇게 되는군요."

고우키는 민망해하면서도 씩 웃었다. 엄청난 적극성과 행동력이라며 리오는 또 한숨을 내뱉었다.

"마을로 오는 길이 험했을 텐데요."

사나운 생물이 판쳐서 길 아닌 길을 지났다. 토지에 따라서는 매우 국지적인 자연재해가 발생하거나 이상기후로

1년 내내 해를 볼 수 없어 방향을 파악할 수 없는 곳도 있으니 마을에 도착하는 것도 힘들었을 터였다.

"상상을 뛰어넘는 사건도 있었지만, 뭐, 각오한 일이었습니다. 힘들 것도 예상했지요. 덕분에 좋은 수행이 됐습니다. 다행히 도중에 이탈한 사람도 없었습니다."

"사망자가 나오지 않았다니 다행이에요."

리오가 안도의 한숨을 내쉬었다.

"기본적으로는 정령술을 쓸 수 있는 사람만 동행했습니다. 본인의 가신들은 모두 숙련자고 아직 경험이 부족하지만, 신과 사요도 노력했습니다."

고우키가 신과 사요 남매를 보았다.

"설마 두 사람을 데려올 줄은 상상도 못 했어요."

리오가 조금 불편한 시선으로 두 사람을 바라보았다. 대체 왜? 라는 질문을 하고 싶은 충동에 빠졌지만, 마음이 좋지 않아 말할 수 없었다.

"윽."

사요는 몸 둘 바를 모르며 민망해서 고개를 숙였다. 신은 그게 마음에 들지 않는지 입을 꾹 다물었다.

"……사요가 리오 님을 많이 그리워했습니다. 본인이 말을 거니 따라가고 싶다고 부탁해서 동행을 허락했습니다. 신도 제법 괜찮은 남자라고 할까요? 거친 태도와 다르게 동생을 아끼더군요. 사요를 위해 자기도 따라가겠다고 했습니다. 둘 다 약한 소리 내지 않고 여기까지 따라왔습니다."

고우키가 말수가 적은 남매를 보고 가볍게 한숨을 내쉬고 뺨을 긁적이며 본인들 대신 두 사람의 사정을 설명했다.

 "흥."

 신이 불쾌하게 콧방귀를 뀌었다. 마을에 있을 때부터 무뚝뚝했지만, 지금은 가시가 돋친 것 같았다.

 "신, 왜 심통 났냐."

 "……심통난 거 아니에요."

 고우키가 지적하자 신이 뚱한 얼굴로 부정했다.

 "으이구. 죄송합니다, 리오 님."

 "아뇨, 사과하실 것 없어요……. 그보다 유바 씨와 루리는 두 사람이 따라온 걸 아나요?"

 "물론 허락받고 동행했습니다."

 "그렇군요. 그럼 어쩌다 여러분이 이 마을에 왔는지 자세한 경위를 물어도 될까요?"

 리오가 고우키 일행이 마을에 도착한 경위를 물었다.

 "이 마을에 도착한 건 완전히 우연입니다. 저희는 리오 님이 떠나시고 며칠 후에 카라스키 왕국을 떠났습니다만, 마을에는 약 한 달 전에 도착했습니다."

 "리오 공이 사라 일행을 데리고 슈트랄 지방으로 간 후, 고우키 공 일행이 마을 숲을 헤매더군. 사정을 물으니 이유가 있어서 슈트랄 지방으로 간다며 리오 공의 이름을 꺼냈네. 그럼 함부로 쫓아낼 수 없지."

 "최고 장로 분들께서 리오 님이 머지않아 다시 이곳으로 돌아올 것이라며 손님으로 맞아주셨습니다. 마을 분들께 정말 감사할 따름입니다."

고우키와 아슬라가 경위를 간단하게 설명했다.

"사정은 얼추 파악했습니다. 이제 제가 보고할 차례네요."

리오의 눈에 왠지 울적한 빛이 감돌았다.

"대강의 상황은 이미 사라 공에게 들었습니다. 훌륭히 숙원을 달성하신 것. 드릴 말씀이 없습니다."

리오의 심경을 헤아렸는지 고우키가 늠름한 표정을 지으며 칭찬과 축복, 기쁨 같은 감정을 담지 않고 그저 정중하게 리오에게 머리를 숙여 경의를 표했다.

"……감사합니다, 라고 말하는 것도 이상하네요. 그리고 큰마음 먹고 여기까지 와주신 여러분에게 무슨 말씀을 드려야 할지……."

"무엇을 말씀이십니까?"

불편해하는 리오를 보고 고우키가 이해되지 않는 표정을 지었다.

"루시우스가 죽었으니 여러분이 슈트랄 지방으로 갈 이유가 없잖아요?"

즉, 고우키 일행의 고생은 헛고생으로 끝났다.

"……흐, 흐하하하하! 무슨 말씀이십니까."

리오의 지적에 고우키가 어리둥절해서 눈을 크게 뜨더니 굵직한 목소리로 웃음을 터뜨렸다.

"……."

리오는 무슨 이상한 말이라도 했나 싶어 조금 당황했다.

"실례했습니다. 소란 피워 죄송합니다. 외람되지만, 리오 님이 착각하셨습니다. 아야메 님과 젠을 죽인 루시우스라는 남자에게 복수하는 것도 목적이긴 했지만, 그게 전부가 아닙니다."

고우키가 표정을 가다듬고 리오에게 말했다.

"……그 말씀은?"

"당신을 모시는 것. 그것이 저희의 목적입니다. 루시우스라는 남자가 이미 망자가 된 게 기쁘면 기뻤지, 낙담할 이유가 없습니다. 저희의 고생이 헛수고로 끝나는 건 당신께 충성을 다하지 못했을 때뿐입니다."

"저를 모셔……? 제가 그걸 받아들일지 어떨지도 모르는데요? 그보다 야구모 지방을 떠나며 거절한 시점에 제가 다시 거부할 게 뻔하지 않나요……? 그리고 슈트랄 지방에 도착하더라도 저를 만난다는 보증도 없었어요."

그런데도 고우키 일행은 쫓아왔다. 리오는 뭐라 말로 표현하기 어려운 기분이 들었는지 몹시 당혹스러운 표정을 지었다.

"어느 것도 당신을 쫓지 않을 이유가 못 됩니다. 당신을 모실 수 있을지도 모른다는 가능성이 있다면 그걸로 충분합니다. 그래서 당신을 쫓았습니다."

"……나고 자란 땅을 버리면서까지요? 종자분들은 제 어머니를 모신 것도 아닐 텐데요. 여러분, 정말 이해하고 계신 거 맞습니까?"

인간관계, 재산, 신분을 전부 버려야 했다. 실현될지 알수 없는 바람을 이루기 위해 위험을 무릅쓰는 건 무모하지 않나? 리오가 그렇게 말하듯이 고우키 일행을 바라보았다.

"으음, 뭐라고 말씀드려야 할지⋯⋯."

고우키가 난처해하며 말을 잇지 못했다.

"리오 님. 종자의 몸으로 외람되오나 발언을 허락해주시겠습니까? 저희 종자들의 생각을 고우키 님 대신 설명하겠습니다."

코모모의 옆에 앉아있던 종자 아오이가 손을 들고 발언 허가를 청했다.

"물론 괜찮습니다."

리오가 아오이를 보며 허락했다.

"감사합니다. 여기 있는 종자는 신과 사요를 제외하고 모두 사가 가문에서 거두어주신 고아입니다. 따뜻한 밥과 입을 옷, 살 곳과 생존기술까지 가르쳐주셨습니다. 고우키 님과 카요코 님께 인생을 걸고 갚아야 하는 은혜가 있습니다. 두 분이 어딜 가시든 따라갈 것이고 두 분이 주인으로 정한 분이라면 저희에게도 주인이십니다. 그것이 가장 큰 기쁨입니다."

아오이가 깊이 고개를 숙이고 리오에게 그들의 생각을 설명했다.

"⋯⋯그렇군요."

리오는 간신히 말을 이었다. 왕후 귀족으로 자라지 않은 리오는 상상하기 어려운 삶이지만, 이해가 안 되는 것은 아니었다. 훌륭한 충성심이라고 무심코 혀를 내두를 뻔했다.

"종자들에게는 하야테 곁에 남아도 된다고 했습니다만……. 모두 그러지 않았습니다. 저희 종자이지만, 훌륭한 충성심이라고 생각합니다."

고우키가 조금 민망한 듯 부끄러워했다.

"하지만 본인도 그리고 아내 카요코도 리오 님께 더하면 더했지, 뒤지지 않는 충성심을 가졌다고 자부합니다."

그리고 리오에게 뜨거운 시선을 보내며 선언했다.

"왜, 그렇게까지 저를……? 분명 제 아버지가 고우키 씨와 카요코 씨의 동료였고 제 어머니가 두 분이 모시던 사람이었을지도 모르지만……."

리오가 당황한 얼굴로 물었다. 두 사람이 자신에게 터무니없는 강한 충성심을 가진 게 느껴졌다. 그러나 그 이유를 몰랐다. 아야메의 아들이라는 게 그 정도의 이유일까?

"본인과 카요코는 과거에 돌아가신 아야메 님께 충성을 다하지 못했습니다. 그래서 갈 곳 없는 충성심을 아드님인 리오 님께 바치자는 생각도 있습니다. 하지만 그것만으로는 저희의 마음을 표현할 수 없습니다."

고우키가 수줍은 것처럼 입을 다물고 간지러운 듯 목을 문질렀다. 마치 말하기 쑥스러운 것 같았다.

잠시 후…….

"나라에서 쫓겨나 신분을 버리고 멀리 슈트랄이라는 땅으로 이주한 아야메 님과 젠. 두 번 다시 만나지 못하리라 생각했지만, 왠지 두 사람의 모습이 느껴지는 아드님 리오 님이 어느 날 갑자기 나타나셨습니다. 그것이 저희가 처음 본 리오 님입니다."

고우키가 당시 자신의 시점으로 본 리오에 관해 기쁘게 이야기하기 시작했다.

"그렇네요. 벌써 2년 전이군요."

리오도 당시를 떠올리는지 눈빛이 아득해졌다.

"본인은 어제 일처럼 선명합니다."

"아하하."

고우키가 자랑스럽게 말하자 리오가 그리운 미소를 지었다.

"들어보니 젠은 죽고 아야메 님도 서거하셨는데 리오 님은 어릴 적에 아야메 님께 들은 이야기에 의지해 아무것도 모르고 카라스키 왕국에 오셨다는 게 아니겠습니까. 살해당한 부모님의 묘를 만들고 싶다. 오직 그것만을 위해 먼 슈트랄에서 위험을 무릅쓰면서 야구모로 오셨습니다. 야구모에 있는 수많은 나라를 둘러보며 부모님을 아는 사람을 찾으셨습니다. 앞이 보이지 않는, 상상할 수 없이 까마득한 여행이었겠지요. 그걸 알았을 때, 본인은 참으로, 참으로……."

고우키는 감정이 벅차 말문이 막혔다. 리오는 조금 민망한 표정이었지만, 다른 사람들은 진지한 표정으로 귀담아 들었다. 고우키의 이야기를 통해 간접적으로 체험했다. 아야메와 젠의 과거를 아는 고우키에게 아무것도 모르던 당시의 리오가 어떻게 비쳤을지.

"본인은 리오 님이 너무나 눈부셨습니다. 힘든 과거에 굴하지 않고 참으로, 참으로 훌륭히 성장하셔서…… 리오 님은 참으로 훌륭한 분일 거라고, 본인은 리오 님께 무릎 꿇고 말았습니다."

요컨대 고우키는 당시의 리오에게 강하게 감정 이입했다. 그리고 리오는 아야메와 젠을 제외해도 존경할 가치가 있는 인물이라고 생각했다. 리오라는 인물에게 한 사람의 무인으로서, 무사로서도 홀리고 말았다.

그러니까 차례대로 말하면 유바의 편지로 리오를 알게 됐을 때는 기쁘기는 했지만, 충성을 바쳐야겠다는 생각에 이를 줄은 고우키도 몰랐다. 리오를 알게 되며 결의를 굳혔다.

"물론 아야메 님과 젠의 아이라는 점도 큰 관련이 있지만, 당신이기에, 본인은 충성을 바치고 싶습니다. 충성하지 않고 야구모에 남으면 남은 생을 후회할 게 틀림없다고 확신했습니다. 한 번 거절당했다고 어떻게 얌전히 있겠습니까?"

점점 열성적으로 말하던 고우키가 조금 흥분한 것을 느꼈는지 리오를 보며 쑥스럽게 물었다.

"뭐, 이게 당신을 뒤쫓아 나라를 떠난 이유입니다. 이해해주시겠습니까?"

"……네."

리오는 뜸을 들이다가 몹시 난처해하며 고개를 끄덕였다.

"그럼 외람되지만, 다시 여쭙겠습니다. 당신께 충성을 바칠 영예를, 저희에게 내려주시겠습니까?"

고우키는 의자에서 일어나 바닥에 무릎을 꿇고 리오에게 충성심을 보였다. 카요코와 코모모, 그리고 종자들도 조용히 뒤를 이었다. 리오가 뭐라고 대답할지 궁금해하는 다른 사람들의 시선이 쏠렸다.

"……솔직히, 누가 제게 충성을 맹세하는 건 익숙하지 않습니다. 앞으로도 익숙해지지 않을 테고 여러분에게 주인처럼 행동하지도 못할 거예요. 남에게 뭔가 명령하는 게 불편해서."

부탁조차 꺼려졌다. 리오는 한참 망설이다가 시무룩한 얼굴로 난색을 보였다.

"……그렇겠지요. 리오 님의 인품은 잘 압니다."

고우키는 어렴풋이 예상한 것처럼 맞장구치며 쓴웃음 지었다. 다만, 그래도 리오를 모시고 싶다고 뜨거운 시선으로 리오에게 호소했다.

"하지만 여러분의 마음을 압니다. 그래서 카라스키 왕국으로 돌아가라고 할 수 없어요. 곤란하네요."

리오는 말 그대로 몹시 곤란해하며 입을 다물었다.

"그러면……?"

가신이 되는 것을 인정할 가능성을 느꼈는지 고우키가 조금 의외라는 듯이 리오의 눈치를 살폈다.

그도 그럴 것이 과거의 리오라면 고우키 일행을 가신으로 삼을 생각이 없다고 결론을 정해놓고 대할 줄 알았다. 거절하기 어려워했지만, 한마디로 안 된다고 딱 잘라 거절했다. 실제로 그렇게 가신으로서 동행하는 것을 거부당해 왔다.

그런데 지금은 어떠한가? 난색을 보이기는 하지만, 명확하게 안 된다고는 하지 않았다.

"……지금 이 자리에서 대답하기는 어렵네요. 잠시, 생각할 시간을 주시겠습니까?"

리오가 생각할 시간을 원한다고 대답했다.

"무, 물론! 물론입니다!"

고우키는 들뜨는 마음을 억누를 수 없는지 목소리에서 드러났다. 그럴 만도 했다. 리오의 가신이 되기를 바라는 고우키에게 이것은 대단히 큰 전진이었다. 가령 안 된다고 해도 쉽게 물러나지 않고 장기전이 될 것도 각오한 만큼 아주 기쁜 오산이었다.

'숙원을 이룬 리오 님께 무슨 심경 변화가 일어났나? 아니면 주위에 있는 소녀들의 영향인가……?'

고우키는 리오 주위에 앉은 미하루와 세리아 일행을 보았다. 잠시 리오를 보지 못한 사이에 무슨 변화가 있었다면 복수를 마친 것은 물론 저들의 존재도 영향을 준 게 틀림없다고 추측했다. 최고 장로들도 비슷한 변화를 느꼈거나 아니면 리오가 거절할 줄 알았는지 눈이 커졌다.

"그럼 그런 걸로. 일단 일어나세요."

리오는 분위기를 풀기 위해 어깨에서 힘을 빼고 고우키 일행에게 부탁했다.

"그러면 오늘 밤은 재회를 축하하는 연회를 열어야겠군."

도미니크가 크하하 밝게 웃으며 제안했다.

"네가 술을 마시고 싶을 뿐이잖아, 어이구."

아슬라가 못 살겠다며 어깨를 으쓱했다.

"쌓인 이야기가 있을 테지. 처음 만난 사람도 많은 모양이니 거기서 교류하면 될 거다."

실드라가 미소 지으며 이야기를 마무리했다.

"그래. 그 자리에서 답이 나올지는 모르겠네만, 리오 공은 일단 그때까지 생각을 정리하게나."

"네."

"그러면 저희는 연회 때까지 방에 있겠습니다. 서두르실 것 없으니 부디 천천히 생각해주십시오."

아슬라의 권유에 리오는 천천히 고개를 끄덕였다. 고우키는 연회가 시작할 때까지 가만히 있겠다고 했고 그들은 밤이 되어서야 다시 얼굴을 마주했다.

최고 장로들이 있는 마을 청사를 떠나 리오는 예전에 마을에서 머물 때 모두와 함께 이용한 게스트하우스로 이동했다. 코모모는 따라오고 싶은 얼굴이었지만, 연회 때까지 따로 행동하게 되어 미하루, 세리아, 아이시아, 라티파, 사라, 오피아, 아르마가 리오와 동행했다.

　"여기가 마을에 머무는 동안 지낼 집이에요."

　리오가 현관을 열고 세리아를 안으로 안내했다.

　"오빠가 마을에 있는 동안은 항상 여기서 다 같이 지내!"

　라티파가 득의양양한 얼굴로 세리아에게 설명했다.

　"트리하우스라고 하나? 안이 제법 넓고 정말 예쁜 집이네. 걸어오며 든 생각인데 이 마을 사람들은 자연과 융화되어 사는구나?"

　당연하지만, 그들이 기대어 사는 거목의 목재를 그대로 사용해서 공간에 나무의 따뜻함이 그대로 살아있었다. 슈트랄 지방의 도시에서는 볼 수 없는 건축물이라서 그런지 세리아가 매우 신기하게 집안을 둘러보았다.

　"감사합니다. 머무는 동안 이곳을 우리 집이라고 생각하고 지내세요."

　마을 주민인 사라가 자랑스럽게 말했다.

　"이 집의 욕실도 제법 멋지니 밤에라도 이용해보세요."

　"마을도 안내할게요."

　오피아와 아르마도 세리아를 환영했다.

"응, 기대할게!"

세리아가 힘차게 고개를 끄덕였다.

한편, 그 옆에서는…….

"나중에 아키와 마사토도 데려오면 좋겠네, 미하루."

아이시아가 미하루를 생각해서 말했다.

"응."

미하루는 조금 쓸쓸하게, 그러나 밝은 미소를 지으며 고개를 끄덕였다.

"모처럼 다 같이 마을을 산책하면 어떨까요?"

리오가 모두에게 제안했다. 소녀들은 서로 얼굴을 쳐다보았다. 조금 전, 리오와 고우키의 대화를 듣고 그들 나름대로 생각한 바가 있는지 눈빛으로 의사소통했다.

"……왜 그러세요?"

그들끼리 시선을 주고받는 걸 눈치챘는지 리오가 의아해했다.

"……오빠, 우리, 이야기를 들어줄게."

의동생인 라티파가 소녀들을 대표해서 말문을 열었다. 소녀들은 끄덕끄덕 고개를 끄덕이며 말없이 동의했다.

"……고우키 씨에 관해서, 말이지?"

리오는 소녀들의 시선에 조금 기죽은 듯이 부끄러워했다.

"응."

"……어떻게 해야 하는지는 알아. 그저 모두가 받아들일 수 있는 방향으로 잘 끌고 갈 수 있을지 모르겠다고 할까,

생각이 정리되지 않는다고 할까. 그래. 괜찮으면 이야기를 들어줄래? 여러분도요."

"물론!"

리오가 소극적으로 부탁하자 소녀들이 입을 모아 대답했다.

"그럼 의자에 앉을까요? 차는 시공의 장에 넣어둔 걸 꺼낼게요."

"도울게, 오피아."

오피아와 미하루가 앞장서서 거실로 향했다. 리오 일행도 그 뒤를 쫓았다. 십여 초 만에 준비를 마치고 모두 자리에 앉았다. 소녀들은 리오가 자연스럽게 이야기를 꺼내기를 기다렸다.

"……아까 말했다시피 저는 누군가의 주인이 될 그릇이 아닙니다. 가신으로 충성을 맹세해도 주인으로서 대할 수 없어요. 그래서 그분들을 가신으로 품기 꺼려져서……."

리오가 마음을 토로하기 시작했다.

"……하지만 지금의 리오를 보면 그분들의 마음에 부응하고 싶은 마음도 있어 보여. 그래서 망설이는 거지?"

아니야? 라며 세리아가 리오의 안색을 살피며 물었다.

"네, 뭐."

리오가 쓴웃음 지으며 긍정했다.

"그럼 그분들을 가신으로 받아줄 생각도 있다는 겁니까?"

이번에는 사라가 리오에게 물었다.

"······아뇨. 가신으로서가 아니라 여러분처럼 대등한 관계로 함께 지내는 거면······. 그분들도 여러분처럼 소중한 사람들이라서요."

주인으로 행동할 자신이 없으니 고우키를 가신으로 삼기 꺼려진다. 하지만 고우키 일행이 그래도 함께 있기를 바라면 그 마음에 부응하고 싶다. 이 둘 사이에서 태어난 선택지였다. 즉, 그런 것이었다.

"그렇군요······."

소녀들도 그 말을 듣고 이해한 모양이었다.

"그럼 그렇게 말해보는 게 어떨까요?"

"응, 나도 동감이야."

미하루가 리오의 표정을 살피며 제안했고 세리아가 찬성했다. 다른 사람들도 찬성이라고 했다.

"······그분들이 이해해줄까요?"

리오가 자신 없이 뺨을 긁적이며 말했다.

"왜? 할 것 같은데······."

세리아가 어리둥절해서 고개를 갸웃거렸다.

"그분들이 가신이 되는 걸 중요하게 생각하면 아쉬워하지 않을까 싶어서······."

가신으로 삼을 수는 없지만, 같이 가겠습니까? 이것이 고우키 일행이 원하는 대답일까? 리오는 그런 생각이 드는 모양이었다.

"그건 생각이 지나친 것 같습니다만······."

"그래, 네 나쁜 버릇이야."

사라가 쓴웃음 지으며 말하자 세리아도 어이없어했다.

"더 자신을 가지자. 오빠라면 반드시 잘 될 거야!"

라티파도 주먹을 쥐고 리오를 응원했다. 리오는 조금 쑥스러운 표정을 지었다.

"그분들과 같이 지내게 되면 여러분과 어울리는 일도 늘어날 텐데…… 여러분은 괜찮겠어요?"

그리고 살짝 화제를 돌렸다.

"응. 아주 좋은 사람들 같고, 오늘 밤 연회에서 어울리는 거 기대돼."

라티파가 호기심 왕성하게 대답했다.

"맞아."

다른 사람들도 웃으며 동의했다.

"그럼 혹여나 함께 살게 되어도 문제없겠네요."

"응, 이제 그분들에게 네 생각만 전하면 돼."

"아하하…… 그렇죠."

리오가 심약한 미소를 지으며 동의했다.

"……저기, 리오. 주인과 가신 관계는 저마다 달라. 너는 네가 남의 위에 설 그릇이 아니라고 생각할지도 모르지만, 나는 아니라고 생각해. 그러니까 그분들도 너를 따르고 싶어 하는 거잖아. 라티파도 말했지만, 자신을 가져."

응? 하며 세리아가 사랑스럽게 한쪽에 보조개를 만들며 귀족의 시점으로 리오를 타일렀다.

"네."

그제야 리오도 밝은 표정으로 고개를 끄덕였다.

"으, 역시 세리아 언니. 오빠의 은사님이라니까."

라티파가 볼을 풍선처럼 동그랗게 만들었다. 아이시아를 제외한 다른 소녀들도 부럽게 바라보았다.

"아, 아니, 나 특별한 말 안 했는데?"

세리아가 당황했다.

"뭐, 지금은 그렇다 치고……. 연회 전에 오빠에게 묻고 싶은 게 있어."

"……뭘를?"

힐끗 쳐다본 라티파와 눈이 마주치자 리오가 경계하듯 조금 긴장해서 물었다.

"있잖아. 어쩌면 앞으로 같이 살지도 모르니까 상대방을 잘 알아둘 필요가 있겠지?"

"응, 뭐……."

틀린 말은 아니었다. 그래서 리오는 뭔가 안 좋은 예감을 느끼면서도 동의하지 않을 수 없었다.

"그럼 질문입니다! 사요라는 애랑 무슨 일 있었어? 그리고 코모모라는 애도!"

라티파가 손을 번쩍 들고 질문했다.

"으, 으응?"

리오는 갑작스러운 질문에 당황했다.

"사요 씨의 반응을 보니까 카라스키 왕국의 마을에서 오빠와 같이 지낼 때 뭐가 있었던 게 분명해!"

"글쎄, 뭐가, 있었던가······?"

리오가 시치미를 떼려고 했다.

"거짓말! 분명히 거짓말이야! 그렇지? 언니들!"

라티파가 미하루와 사라 일행에게 동의를 구했다.

"맞아."

일동이 연신 고개를 끄덕였다. 세리아도 화제가 옮겨갔기 때문인지 이때라는 듯이 동의했다. 순식간에 리오에 관한 질문 포위망이 만들어졌다.

"사, 사적인 일이에요."

리오가 몹시 민망해하며 시선을 피했다.

"이거 봐! 있었어! 그렇게 대답하는 걸 보니 역시 뭐가 있었어!"

라티파가 의심의 눈초리로 리오를 쳐다보았다.

"좀 봐줘······."

리오가 몹시 난처해하며 목소리를 쥐어짰다. 이리하여 리오는 연회가 시작될 때까지 소녀들의 질문 공격에 시달려야 했다.

그리고 드디어 연회 시간이 찾아왔다.

장소는 마을 청사의 대식당.

"좋아, 시시한 인사는 집어치우고 마시면서 이야기하자! 건배!"

도미니크가 천장을 찌를 기세로 잔을 치켜들었다. 물론 그의 키로는 천장에 손이 닿을 수 없지만…….

"건배!"

대식당 여기저기에서 잔을 들고 활기차게 외쳤다. 리오도 미하루, 세리아, 아이시아, 라티파, 사라, 오피아, 아르마와 함께 잔을 부딪쳤다.

"모두 건배!"

드뤼어스도 경쾌한 걸음으로 다가와 차례대로 잔을 부딪쳤다.

"라티파! 리오 오빠와 언니들!"

"아, 벨라다! 아르슬란 군도!"

라티파의 친구이자 사라의 동생이기도 한 은늑대 수인 벨라가 크게 손을 흔들며 다가왔다. 그 뒤로는 사자 수인인 아르슬란과 마을의 전사장인 우즈마가 다가오고 있었다.

"모두 오랜만이에요!"

벨라가 다시 만나 기쁜지 꼬리를 좌우로 흔들며 힘차게 인사했다.

"오랜만이야, 벨라!"

"오랜만이에요! 만나고 싶었어요!"

라티파와 벨라가 서로를 끌어안고 재회를 기뻐했다.

"안녕, 리오 형."

그들을 흐뭇하게 보던 아르슬란이 리오에게 말을 걸었다.

"오랜만이야, 아르슬란. 우즈마 씨도요."

"네, 건강한 것 같아 다행입니다, 리오 공."

"네, 덕분에요. 아키와 마사토는 슈트랄 지방에 남았지만……."

리오가 이 자리에 없는 아키와 마사토 이야기를 꺼냈다.

"두 사람 일은 누나들이 전에 돌아왔을 때 들었어. 마사토와 대련하기로 약속했는데. 진짜……."

아르슬란이 쓸쓸하게 중얼거렸다.

"마사토도 아르슬란을 무척 만나고 싶어 했어. 시간이 걸릴지도 모르지만, 언젠가 데려올 수 있을지 알아볼게."

"부탁해."

"응."

리오가 힘차게 고개를 끄덕였다.

"잠깐 고우키 씨와 건배하고 올게."

그리고 몇 미터 정도 떨어진 곳에서 대기하는 고우키 일행을 보았다.

"아, 우리도 가자."

리오가 그쪽으로 걸어가자 곁에서 이야기를 듣던 다른 사람들도 리오를 따라갔다.

"여러분과 건배해도 될까요?"

리오는 따라오는 사람들을 등 너머로 확인하고 고우키 일행에게 말을 걸며 잔을 들었다.

"물론이고 말고요!"

고우키는 리오가 말을 걸어주기를 기다렸는지 무척 기뻐하며 대답했다.

"건배."

리오와 고우키가 잔을 부딪치자 그 자리에 있는 다른 사람들도 잔을 들어 건배했다.

"이야, 연회는 좋지요. 어딜 가도 연회는 좋습니다. 게다가 이 마을 술이 정말 맛있습니다. 아, 야구모 지방 술도 있어서 놀랐습니다."

고우키가 잔에 따른 술을 꿀꺽 들이켜고 기분 좋게 말했다.

"드워프 사람들이 만들었을 거예요. 마을에서도 손꼽히는 애주가거든요."

"그런가 보군요. 본인도 술에는 자신 있는데 드워프 분들이 정말 술을 잘 마셔서 마을에 처음 왔을 때는 놀랐습니다."

"환영받은 것 같아 다행이네요."

"리오 님 덕분입니다. 리오 님의 이름이 나오기 전까지는 제법 긴박했습니다."

"이 마을은 원래 인간족을 받아들이는 데 소극적이거든요. 그런데 어쩌다 제 이름이 화제로 오른 거죠?"

"슈트랄 지방으로 가던 저희가 도중에 이 마을에 도착했다면 리오 님도 도착했을 가능성이 있으니까요. 반드시 지나간다고는 할 수 없지만, 들렀을 가능성은 있다고 생각하고 시험 삼아 물어봤습니다."

그 질문이 큰일을 했다.

"그랬군요."

"거기 있는 우즈마 공도 그렇고 마을 분들 모두 숙련자니까요. 싸워서 이득도 없는 데다 다수 대 소수였으니 대응이 삐끗했으면 포박당했을 겁니다."

고우키가 우즈마를 힐끗 보고 와하하 웃었다.

"그건 그렇고 리오 님 이야기도 듣고 싶습니다. 코모모와 사요가 리오 님과 대화하고 싶어 하는데 불러도 되겠습니까?"

옆에서 조마조마하게 대화를 듣던 코모모와 사요를 보고 대화에 끼워도 될지 허락을 구했다.

"네. 격식 같은 건 신경 쓰지 않았으면 좋겠어요, 정말로. 모처럼 열린 연회이니 제 어머니의 신분은 잊어주세요."

리오가 난처한 얼굴로 부탁했다.

"상당히 어려운 이야기지만…… 알겠습니다. 그렇다고 하시니 너희도 대화에 끼어라. 오늘 밤은 편하게 대하여라."

고우키가 코모모와 사요를 불러들였다.

"제 동생과 다른 분들도 고우키 씨와 코모모, 사요 씨와 대화하고 싶어 해요."

리오가 뒤에 있는 라티파와 일행을 보고 말했다.

"오오, 그거 영광입니다. 리오 님께 의동생이 있다는 이야기는 들었습니다만, 이렇게 만나게 되어 참으로 영광입니다. 라티파 님. 조금 전에도 소개해 드렸습니다만, 리오 님의 돌아가신 어머니 아야메 님을 호위했습니다. 고우키 사가라고 합니다."

고우키가 라티파에게도 충성을 맹세하듯이 정중하게 고개를 숙였다.

"아하하…… 저는 오빠의 부모님과 피가 이어져 있지 않으니 그렇게 정중하게 대하지 않으셔도 돼요. 라티파입니다. 잘 부탁드려요."

라티파가 강렬한 경의에 긴장했는지 예의 바르게 꾸벅 인사했다.

"리오 님의 동생분이라면 핏줄은 상관없습니다. 그건 그렇고 라티파 님의 나이는 어떻게 되십니까? 코모모 또래로 보입니다만……."

"음, 열세 살이에요."

"오호. 코모모보다 한 살 언니로군요."

고우키가 힐끗 코모모를 보았다.

"와, 그렇군요. 잘 부탁해, 코모모."

"네, 라티파 님."

라티파가 친근하게 인사하자 코모모도 귀엽게 웃으며 힘차게 대답했다.

"님은 됐어. 또래 여자아이가 그렇게 부르면 난감해. 나이도 한 살밖에 차이 안 나고……. 그러니까, 응? 편하게 불러."

라티파가 창피해서 머쓱한 표정을 지었다.

"하지만 라티파 님은 리오 님의 동생분이신데……."

코모모가 조심스럽게 아버지 고우키와 리오를 번갈아 보았다.

"나는 코모모와 친구가 되고 싶은데…… 안 될까?"

라티파가 불안하게 고개를 갸웃거리며 코모모의 안색을 살폈다. 신분과 지위란 우정을 쌓는 데 벽이 되었다. 특히 상급 무사의 딸로 엄격하게 예의를 익힌 코모모에게 신분은 중요했다.

"저도 부탁해요, 코모모."

미묘한 문제지만, 리오도 코모모에게 부탁했다.

"으으음……."

코모모가 초조하게 갈등했다.

"……두 분이 이렇게 말씀하시니 감사히 또래 친구로 대해드리거라."

그러자 고우키가 다정하게 눈을 가늘게 뜨며 허락했다. 조금 꺼려지긴 하지만, 사정을 고려해 융통성을 발휘했다.

"그러면…… 라티파……?"

코모모는 한참을 심호흡하고서 조심스럽게 라티파를 불렀다.

"응! 잘 부탁해, 코모모!"

"……네!"

두 사람이 친근하게 미소를 주고받았다.

"그럼 내 친구들을 소개할게! 이미 알려나? 저기에 벨라와 아르슬란 군이 있어."

라티파가 코모모의 손을 잡고 미하루와 사라 일행 뒤에 있는 벨라와 아르슬란에게로 데려갔다. 그렇게 아이들끼리 교류하게 되었다.

"감사합니다, 리오 님."

"아니에요."

리오가 기뻐하며 고개를 저었다.

"그런데 궁금한 게 있는데 미하루 공은 야구모 지방 출신이십니까?"

고우키가 미하루를 보며 물었다. 흑발은 야구모 지방에서 일반적인 머리카락 색이었다. 외모도 야구모 지방에 사는 사람들은 지구에서의 유라시안이라고 할까, 아시아 계열 분위기가 짙어서 일본인은 비교적 자연스럽게 녹아들 수 있었다. 그래서 고우키가 미하루를 야구모 지방 출신으로 생각하는 것도 무리가 아니었다.

"아뇨, 미하루 씨는 조금 사정이 특이해서……. 지금 슈트랄 지방에 이계에서 소환된 용사라 불리는 사람들이 등장한 건 모르시죠?"

"……네."

말뜻을 이해하지 못했는지, 이해는 했는데 받아들이기 어려운지 고우키가 멀뚱한 얼굴로 어색하게 고개를 끄덕였다. 옆에 있는 아내 카요코, 사요, 신과 다른 종자들도 궁금해하거나 당황하거나 했다.

"당혹스러우시죠?"

리오와 미하루가 얼굴을 마주 보며 쓴웃음 지었다.

"못 믿으실 수도 있지만, 저는 다른 세계에서 왔어요."

"……그러면 미하루 공이 그 용사입니까?"

"아뇨, 저는 용사가 아니라……."

"미하루 씨의 친구가 용사예요. 미하루 씨는 그 친구에게 휩쓸려 이 세계로 왔습니다."

리오가 보충하듯 대답했다.

"이 세계에 떨어져 미아가 됐는데 하루토 씨가 구해줬어요."

미하루도 리오의 설명을 보충하며 경위를 설명했다.

"하루토……요?"

낯선 이름에 고우키 일행이 고개를 갸웃거렸다.

"앗, 죄송합니다! 하루토 씨라는 건, 그……."

무심코 평소처럼 하루토라고 이름을 부른 미하루가 고우키 일행이 모른다는 것을 알고 황급히 사과했다.

"제가 슈트랄 지방에서 쓰는 이름이에요."

수없이 한 설명이라 리오도 익숙해졌다.

"미, 미안해요……."

"아니에요. 이분들에게도 설명할 생각이었어요."

"……왜, 이름을 바꾸셨습니까?"

무슨 일 있나 싶어 고우키가 리오의 표정을 살피며 물었다.

"실은 과거에 슈트랄 지방에서 누명을 쓴 적이 있어서……."

"누명이라 하셨습니까?"

리오가 누명을 썼다는 말에 고우키의 목소리가 조금 거칠어졌다.

"지금은 크게 불편한 게 없으니 신경 쓰지 마세요."

전생도 설명하는 편이 좋을지도 모른다는 생각이 들었지만, 밝은 연회 자리에서 할 이야기가 아니었다. 지금은 말하지 않기로 했다.

"으음…… 알겠습니다."

고우키가 마지못해 고개를 끄덕였다. 이 문제를 그리 쉽게 넘어가지 않을 것 같지만, 밝은 연회 자리이기도 하니 이 자리에서는 더 파헤치지 않기로 한 모양이었다.

"뭐, 그래서 슈트랄 지방에서는 리오라고 하지 않아요. 그래서 미하루 씨도 하루토라는 이름으로 만났고 하루토로 불러 달라고 부탁해서 익숙해졌습니다. 그곳에서 제 본명이 리오라는 걸 아는 사람은 극히 일부예요."

"그러셨군요……."

"이야기가 다른 길로 샜지만, 미하루 씨는 틀림없는 이세계 출신입니다."

"별안간 믿기 어렵지만, 다름 아닌 리오 님의 말씀이니 믿겠습니다. 슈트랄에는 그런 마술도 있군요."

"신대(神代)의 초마술이라 현대의 마술 지식으로는 재현할 수 없지만요. 그 시대 마도구에 봉인된 마술이 어떠한 요인으로 일제히 발동한 모양입니다. 그래서 슈트랄 지방은 좀 소란스러워요. 야구모 지방에는 마술이 보급되지 않아서 곤혹스러우시겠죠. 머리카락 색과 외모를 포함해 야구모 지방분들과 비슷하긴 해요."

리오가 고우키 일행의 심경을 헤아리듯 웃었다.

"그렇죠. 참으로 아름다워 어느 명문가 출신 아가씨인 줄 알았습니다. 젊은 시절의 아야메 님이 떠오를 정도입니다. 안 그래? 카요코."

"네. 참으로 마음씨 고운 아가씨 같습니다. 아야메 님과 통하는 게 있네요."

고우키가 이제야 웃었다. 아야메가 떠올랐기 때문인지 부드러운 표정으로 아내인 카요코에게 말을 걸었다. 카요코도 미하루를 칭찬했다.

"……제, 제가 하루토 씨의 어머니와?"

갑자기 그런 말을 듣자 미하루의 뺨이 발그레해졌다.

"아야메 님도 머리카락이 긴 분이셨습니다. 미하루 공처럼 아름다운 비단결 같은 검은 머리카락에 길이도 딱 미하루 공 정도셨지요. 음."

고우키는 그리움에 빠져 미하루의 변화를 눈치채지 못했다. 대신 아내 카요코와 사요, 아오이를 포함한 여성들이 알아챘다.

"그렇, 군요……."

미하루는 자신의 머리카락을 만지며 수줍은 소녀 같은 표정을 지었다.

"하하하, 저 혼자 떠들어서 죄송합니다."

"아닙니다. 처음에는 제가 많이 질문했잖아요."

"마을에 와서야 저희가 있다는 걸 아셨으니 당연하지요. 남을 통해 설명하는 것보다 이렇게 만나서 대화하고 싶었습니다. 그래서 저희도 사라 님께 리오 님의 근황은 최소한만 들은지라 실례했습니다."

"야구모 지방을 떠나고 많은 일이 일어나서……."

"그러셨겠죠. 같이 다니는 분도 많이 계시고."

"네."

"……그건 그렇고 리오 님 주변 분들은 모두 신경 쓰이는 분들이라 난처하군요. 그래, 세리아 공은 리오 님의 은사님이시지요?"

고우키가 리오 옆에 있는 사람들을 흐뭇한 얼굴로 둘러보고 아직 화제에 오르지 않은 세리아에게 주목했다.

"은사라고 불릴 정도로 뭘 했는지 모르겠지만, 리오가 열두 살 때까지 강사를 했습니다."

"그러면 4, 5년 정도 전의 일이군요. 그런데 그런 것치고는, 그, 제법 젊으십니다. 리오 님 또래로…… 보입니다만."

사실은 리오보다 연하로 보인다고 고우키의 얼굴에 쓰여있었지만, 말을 가려서 했다.

"세리아와 저는 다섯 살밖에 차이가 안 나거든요."

리오가 세리아라고 편하게 불렀다.

"오호, 그래서 사이가 좋으시군요."

서로 편하게 이름을 부르시고, 라며 고우키가 흥미롭게 목을 울렸다. 카요코도 자연스럽게 눈을 빛내며 세리아를 보았다. 한편, 사요는 동성이지만, 미하루와 세리아에게 반한 얼굴이었다.

'수인 분들도, 미하루 님도, 세리아 님도 전부 아름답고 귀여워……. 그리고 리오 님 옆에 있는 아이시아 님도.'

그러나 리오 주위에 있는 소녀들을 보고 곧 자신감을 잃은 얼굴이 되었다. 마치 귀족 아가씨들 같았다. 평범한 마을에서 자란 자신과는 근본부터 달랐다. 오랜만에 만난 리오는 여전히 멋졌고, 이렇게나 멋진 여성들에게 둘러싸여 있으니 리오가 자신의 고백을 거절한 건 당연하지 않았을까?

등등, 사요는 그런 생각에 시달렸다. 동시에 야구모 지방을 떠나는 리오에게 고백한 게 인제 와서 창피함이 치밀어 올랐다.

"……."

신은 말 없이 뭔가 마음에 들지 않은 듯이 사요와 리오를 번갈아 보았다.

"아이시아 님은 뭐라고 할까요……. 범상치 않은 분위기가 느껴집니다."

고우키가 아이시아의 외견적인 아름다움보다도 빈틈없는 모습에 주목했다. 그런 부분에서 아이시아의 실력이 상당한 게 틀림없다고 짐작한 모양이었다.

"역시 고우키 씨네요. 아이시아는 정말 강해요."

"오호…… 듣자하니 아이시아 님은 드뤼어스 님과 마찬가지로 고위 정령님이시라지요? 리오 님과 계약하셨다던데……."

"계약한 상태로 오랫동안 제 안에 잠들어있었어요."

"그러면 아구모 지방에 계실 때는 아직 잠들어 계셨겠군요."

"네. 여러분과 헤어진 후, 제가 슈트랄 지방에 도착한 후에 깨어났습니다. 그때부터 같이 지내고 있어요."

"늘 하루토에게 신세 지고 있어."

리오가 눈길을 주자 아이시아가 입을 열었다.

"그건 내가 할 말이야."

리오가 아이시아에게 대답했다.

"아이시아가 지금까지 몇 번이나 구해줬어요."

그리고 고우키 일행에게 아이시아를 소개했다.

"하하하, 참으로 사이가 좋으신 것 같아 보기 좋군요. 다른 분들과도……. 그 덕분일까요? 아니면 숙원을 이루셨기 때문일까요. 왠지 리오 님의 분위기가 달라진 것 같습니다."

고우키가 리오와 아이시아를 흐뭇하게 바라보고 주위에 있는 미하루와 세리아, 사라, 오피아, 아르마, 라티파도 둘러보며 말했다.

"그렇다면 틀림없이 여러분 덕분일 겁니다. 저 혼자였더라면 분명히 달라지지 않았을 거예요. 복수를 마치고 뭔가달라졌더라도 더 폐쇄적으로 변하지 않았을까요?"

"좋은 인연을 많이 만나셨군요."

솔직하게 마음을 토로하는 리오를 보고 고우키가 진지하게 말했다.

"네, 정말로요."

리오가 다정하게 웃으며 진심으로 동의했다. 그러자 이야기를 듣고 있던 주위의 소녀들도 쑥스러운 반응을 보였다.

'이것 참, 정말 분위기가 달라지셨다. 그늘이 이전보다옅어진 듯하다. 남자는 사흘만 떨어져도 다시 봐야 한다는말은 이런 뜻인가.'

고우키가 놀라며 생각했다. 여전히 그늘이 느껴지지만,타인을 거부하는 그런 건 아니었다.

"그리고 여러분이 제 가신이 되는 건 말입니다만, 지금여기서 이야기해도 될까요?"

리오가 그 이야기를 화제 삼았다.

"오, 오오. 물론이고 말고요."

고우키가 즉시 고개를 끄덕였다. 대화 흐름에서 나쁜 느낌은 안 들었는지 기대감에 목소리가 들떴다.

"역시 저는 누군가의 주인이 못 될 것 같습니다. 고우키씨와 카요코 씨처럼 멋진 분이라면 더욱요. 그러니 가신으로 품겠다고 대답할 수는 없지만……."

리오가 거기서 일단 말을 끊고 각오하듯 숨을 들이마셨다. 그리고 맞은편에 있는 고우키를 물끄러미 응시했다.

"가신이 되지 못해도 괜찮다면 같이 행동해보시겠습니까? 어디에서든 항상 함께 할 수는 없겠지만요."

리오가 고우키 일행에게 권했다.

"그게, 대체 무슨……."

지금 리오가 한 설명만으로는 해석이 안 되는지 고우키가 조심스럽게 물었다.

"예를 들면 친구라든가, 동료라든가, 가족이라든가……. 그런 사이에 가까운 형태로, 대등한 관계로 어울리면 좋겠습니다. 그러니까 저는 여러분에게 지시도, 명령도 하지 않을 겁니다. 물론 카라스키 왕국으로 돌아가고 싶어지면 언제든 돌아가도 되고 일시적으로 따로 움직이고 싶으면 자유롭게 따로 행동하셔도 괜찮습니다. 그런 관계……일까요?"

리오가 더 자세하게 자기 생각을 말로 표현했다.

"무, 무슨…… 가신이 아니라 가족으로 저희를……."

고우키가 입을 꾹 다물고 몸을 부들부들 떨었다.

"가신은 되지 못해도 함께 하자는 게 고우키 씨가 원한 대답이 아닐지도 모르지만…… 그렇게 해보는 건 어떨까요? 꼭 가신이 되어야 한다면 물론 거절하셔도 괜찮아요."

"거, 거절할 리가 없지 않습니까! 저희를 깊이 생각해주시고 배려해주시니 황송하기 그지없습니다."

리오가 거절해도 괜찮다고 했으나 고우키는 힘차게 고개를 좌우로 내젓고 엎드려 절하듯이 머리를 숙였다.

"그렇, 군요. 그러면 그러기로 하는 걸로…… 봐도 되겠죠?"

"네, 네! 네, 물론이고 말고요!"

끄덕끄덕, 고우키가 힘차게 연신 고개를 끄덕였다. 그 옆에서 아내 카요코와 종자들이 깊이 머리를 숙였다.

"다행이다……. 실은 나중에 카라스키 왕국에도 얼굴을 내비칠 생각이에요. 여기까지 왔는데 되돌아가는 게 될 수도 있지만, 같이 보고하러 가실래요? 남은 사람들도 여러분이 어떻게 됐는지 불안할 거예요."

리오는 어깨에서 짐을 내려놓았는지 안도를 담은 탄성을 내뱉었다. 그리고 고우키에게 조만간 갈 예정이었던 야구모 지방 여행을 권했다.

"참으로, 참으로 감사할 따름입니다……! 기꺼이 따르겠습니다!"

고우키가 요란할 정도로 머리를 연신 숙이며 기쁨을 표현했다.

"이야기가 정리된 모양이군. 그러면 다시 건배하자!"

근처에서 지켜봤는지 잔을 손에 든 도미니크가 적당한 타이밍에 끼어들었다.

"그래요. 그럼 앞으로의 우리를 위해."

리오가 즐겁게 입꼬리를 올리고 고우키와 눈을 맞추며

손에 든 잔을 가볍게 들었다.

"건배!"

도미니크의 선창으로 식당에 떠들썩한 목소리가 울려
퍼졌다.

약 한 시간 후.

연회장 식당.

연회가 진행되며 흥이 올랐다.

술이 오가며 제법 취기가 돈 사람이 늘어난 한편, 적당
한 속도를 유지한 덕분에 아직 취하지 않은 사람, 좀처럼
술을 마시지 못하는 사람도 있었다. 그중에는 아직 어려서
술 대신 주스를 마시는 사람도 있고, 좀처럼 술을 마시지
못하는 사람의 대표적인 예시는 사요였다. 낯가리는 성격
이라 용기가 안 나는지 낯선 사람이 많은 자리에서 적극적
으로 말을 걸지 못했다.

사요는 고우키의 종자들과만 대화를 나눴는데 고우키
일행의 종자가 마을 사람들과 대화할 때는 슬며시 뒤로 빠
졌다. 가끔 리오와 미하루 일행이 접근하기도 했지만, 긴
장해서 위축됐는지 대화가 오갈 거리가 되기 전에 몸을 빼
고 리오 일행과도 절묘한 거리를 유지했다.

그래서 자연스럽게 오빠인 신과 계속 붙어 있는데 신은

신대로 남과 잘 어울리는 성격이 아니었다. 무뚝뚝한 오빠와 낯가리는 동생이 붙어 있으니 악순환이 생겼다. 신은 사요가 리오에게 말을 걸지 않는 이유가 짐작이 가는지 불만스러운 얼굴로 술을 마셨다.

한편, 코모모는 타고난 소통 능력으로 벌써 라티파와 미하루 일행과 친해졌다. 아는 사람들 사이에 섞여 멋지게 리오 옆자리를 차지하고 오랜만에 돌아온 리오를 환영하려고 말을 거는 마을 사람들과도 빠르게 친해졌다.

"리오 님, 리오 님."

코모모가 리오의 옷소매를 톡톡 당겼다.

"왜 그래요? 코모모."

"사요와도 이야기해주시면 안 되나요? 저 아이도 리오 님을 만나는 걸 무척 기대했거든요. 그리고……."

코모모가 주위에 있는 미하루, 라티파, 세리아, 사라 일행의 얼굴을 보았다. 미하루 일행도 사요가 궁금한지 이야기하고 싶은 모양이지만, 리오에게 말을 거는 사람이 끊임없이 밀려왔고 왠지 말을 걸기 어려운 분위기가 생겨서 현 시점에는 아직 두 사람이 접촉하지 않았다. 그걸 알아챈 코모모가 눈치 있게 굴었다.

"몇 번 말을 걸려고 했는데 조금 피하는 듯한……. 아니, 저도 피하고 있었는지도 모르겠네요. 알겠습니다."

리오도 사요가 거리를 두는 걸 알아챘지만, 그건 자신도 마찬가지라며 과감하게 걸음을 뗐다.

"……."

다가오지는 않지만, 계속 살펴보던 사요는 리오가 다가오는 걸 곧바로 눈치챘다. 처음에는 설마 자신에게 말을 걸려고 오는 줄 몰랐으나 자신에게 접근하는 걸 곧바로 깨닫고 좌우를 보며 허둥지둥하기 시작했다. 이윽고 서로의 목소리가 명료하게 들리는 거리에 다다랐다.

"신 씨, 사요 씨, 안녕하세요."

"……어."

신이 가볍게 잔을 든 왼손을 들고 쌀쌀맞게 리오에게 대답했다.

"잠깐 이야기를……."

"어, 어, 라니, 오빠! 리오 님은 왕족이니까 그런 실례되는……!"

리오와 사요가 동시에 말하자 리오의 목소리가 묻혔다.

"……왕족이신 리오 님의 말을 끊는 건 실례가 아니고?"

신이 놀리듯이 실실대며 지적했다.

"죄, 죄송합니다! 리오 님!"

사요가 몸 둘 바를 모르며 사과했다.

리오는 대화하는 두 사람을 보고 즐겁게 웃었다.

"괜찮아요. 마을에 있을 때처럼 대해주셨으면 좋겠어요."

"너는 너무 소심해. 이 녀석이 그렇게 하라잖아."

"오, 오빠! 그러니까 이 녀석이라느니 그런 말투를 쓰면 안 된다고!"

사요가 리오와 뒤에 있는 미하루 일행의 시선을 신경 쓰며 신을 주의시켰다.

"두 사람 사이가 여전히 좋아 보여서 안심했어요."

기뻐하는 리오의 표정이 밝았다. 자기들이 모르는 사람과 친근하게 대화하는 리오를 보고 미하루와 세리아, 라티파 일행이 흥미롭게 귀를 기울였다.

"……너도 여전히 여자를 거느리는 모양이네. 마을에 있을 때는 여자 여럿 울렸지……."

신이 소녀들에게 둘러싸인 리오를 노려보며 조금 울컥한 얼굴로 욕했다.

"어?"

소녀들의 목소리가 겹쳤다. 리오가 여자를 울리다니 어떻게 된 일일까 하며 귀를 쫑긋 세우고 리오의 뒷모습에 시선을 집중했다.

"오, 오해 생길 만한 표현은 하지 말죠."

리오가 뒤쪽의 시선을 느끼고 식은땀을 흘렸다.

"그, 그래! 오빠! 리오 님은 여자를 울리지 않았어! 오히려 모두 기뻐했어!"

"그 표현도 문제 될 것 같은데……."

울컥해서 반박하는 사요의 말에 리오가 작게 구시렁거렸다.

"핫, 적어도 너는 엉엉 울었잖아. 마을을 떠나는 이 녀석에게 차인 후에."

신이 또 거대한 폭탄을 던졌다.

─마을 여자들이 모두 기뻐해?

─응? 사요 씨를 울렸어?

─그러니까 사요 씨가 고백했다는 거?

─응? 처음 듣습니다만?

등등, 리오의 뒷모습을 보는 소녀들의 시선이 더욱 강렬해졌다. 연회가 시작되기 전에 라티파가 주도해서 사요와의 관계를 추궁했으나 리오는 사요의 프라이버시를 방패 삼아 한 번도 입을 열지 않았다.

"⋯⋯?!"

사요의 얼굴이 불이 붙은 것처럼 새빨갛게 달아올랐다.

"⋯⋯."

리오는 살얼음 위에 서 있는 기분을 느꼈는지 주눅이 든 것처럼 얼어붙어 억지로 미소 지었다.

"흥."

미하루 일행 앞에서 불편해하는 리오를 보고 속이 후련해졌는지 신이 만족스럽게 코웃음 쳤다.

"오, 오빠! 무슨 말을 하는 거야?!"

사요가 퍼뜩 정신을 차리고 신에게 따졌다.

"사실이잖아."

"그, 그렇다고 리오 님 앞에서 말할 건 없잖아! 아, 저기, 리오 님이 마을을 떠날 때 제가 고백했는데 보기 좋게 차였는데⋯⋯. 그, 그러니까, 그, 거, 걱정하지 마세요! 제가 송구한 짓을 했습니다! 시, 실례했습니다!"

사요가 미하루 일행을 생각했는지 아니면 강하게 의식했는지 자기 입으로 전부 고백하고 리오에게 사과했다.

"사, 사요 씨가 사과할 이유 없어요."

"……네, 네."

리오가 황급히 말하자 세리아 일행도 뒤늦게 어색하게 동의했다. 충격적인 일이 연속으로 벌어져 머리가 따라가지 못했다.

당사자인 사요가 인정했고 리오도 부정하지 않았으니 신이 말한 일이 일어난 건 명백했다. 그러나 아직 당시의 배경이 확실하지 않았다. 그래서 곤혹스러워하며 상황을 지켜보았다.

"그래. 사과해야 하는 건 이 녀석이야."

신이 술을 들이켜고 떠들었다. 얼굴이 심하게 빨갛지는 않지만, 제법 취한 것 같았다.

"오빠, 취했지?! 그거 몇 잔째야?!"

"일일이 안 셌어. 그보다 이 녀석, 나는 이 녀석한테 할 말이 있어."

"리오 님, 정말 죄송합니다! 오빠가 많이 취했나 봐요! 바로 내보내겠습니다!"

사요가 당황해서 진심으로 사과하며 리오에게 다가가는 신의 팔을 잡고 떼어내려고 했다.

"시끄러워. 잘 들어, 이 녀석이 마을을 떠날 때 너를 못 데려간다고 했지. 요컨대 너라는 짐을 떠안는 걸 피했다는 거야. 그런데 지금 저 다른 여자들을 줄줄이 데리고 다니는 거 봐. 뭔데? 너한테 매력이 없어서 안 데려갔냐? 어?"

신이 리오를 불만스럽게 쳐다보았다. 그 표정이 화가 났다기보다는 토라진 것처럼 보였다.

'그런 일이……'

있었구나. 미하루는 이야기를 들으며 물끄러미 사요를 보았다.

"이 녀석, 신. 그게……."

근처에서 대화를 들었는지 그게 아니라며 고우키가 다가와 주의시키려고 했다. 그러나 리오는 말없이 가볍게 손을 들어 고우키를 제지했다.

"……그때, 사요 씨의 동행을 거절한 건 그 마음에 부응할 수 없었기 때문입니다. 그리고 그 무렵에 저는 복수하기 위해 여행을 떠나는 거였습니다. 같이 가도 상관없다고 말할 수 없었어요. 신 씨가 말한 대로네요. 짐을 지기 싫었던 거예요. 그건 여행을 떠난 후에도 마찬가지였습니다. 그런데……."

리오가 겸연쩍은 얼굴로 주위에 서 있는 미하루와 세리아, 라티파 일행을 보았다.

"창피한 일이, 여럿 있었습니다. 이야기하지 않겠어요? 무슨 일이 있었는지 말하고 싶고 두 사람에게 무슨 일이 있었는지도 알고 싶어요."

그리고 두 사람의 표정을 조심스럽게 들여다보듯이 물었다.

"……."

리오가 이성적으로 행동해서 그런지 아니면 어렴풋이 리오가 이렇게 나올 줄 예상했는지 신이 감정이 시키는 대로 욕하지 않고 멋쩍게 입을 다물었다.

"……신 씨가 화내는 게 당연해요. 귀여운 동생을 소홀히 대했으니……. 제게도 동생이 있어서 상상이 가요."

리오가 라티파를 보고 미안해하며 말했다. 그리고 사요를 보았다. 사요는 불편하게 리오와 미하루 일행에게서 눈을 떼고 신을 보았다.

"……딱히 화난 건 아니야. 이 마당에 사요를 무시하면 한 대 칠 생각이었지만."

신이 사요와 눈이 마주치자 사이좋게 지내고 싶은데 솔직하게 굴지 못하는 어린아이처럼 얼굴을 찌푸리고 말했다. 사실은 리오가 잘못한 게 아니란 걸 알리라.

마을을 떠나며 신과 사요도 고우키에게 리오의 정체와 상황을 들었다. 그래서 리오의 사정은 이해했다.

마을에 있을 무렵, 신은 리오가 왠지 먼 존재 같고 리오가 묘하게 사람을 멀리하는 듯한 거리감을 느꼈다. 그게 싫었고 솔직히 마음에 들지 않았다. 그러나 사정을 안 후에는 그러는 게 자연스럽다며 리오를 이해한 것 같아 조금 기뻤다.

싫어도 이러저러한 일로 리오를 마을의 일원으로 인정했기에 관심 없는 척하면서도 힘든 과거를 짊어진 걸 알게되어 좋았다. 사요를 두고 간 것도 당연하다고 생각했다. 만약 따라와도 상관없다고 했다면 책임질 생각은 있냐며 분개했을 것이다.

그러나 타인과 깊은 사이가 되는 게 꺼려져 사요를 거절하고 마을을 떠난 리오가 다른 소녀들과 친하게 지내는 모습을 보고…….

신은 오빠로서 리오에게 한마디 하고 싶은 기분에 휩싸였다. 욕하지 않을 수가 없었다. 그러나 리오가 다가와서 대화하고 싶다고 하니…….

정말 기쁘기도 했다. 왕족인 리오를 다시 만나면 어떻게 대해야 할지 계속 고민한 만큼 마을에 있을 때처럼 대해달라고 해서 정말 기뻤다. 그런데 솔직해지지 못해서 신은 토라진 표정을 지었다.

"그럼 이야기할까요?"

리오가 신에게 조금 쑥스러워하며 대화를 권했다.

"……응."

신도 쑥스러운지 아래를 보며 꾸벅 수긍했다.

"그럼 묘안이 있습니다!"

라티파가 힘차게 손을 들었다.

"뭔데? 라티파."

무드메이커인 라티파가 이 타이밍에 말을 꺼내자 뭔가

재미있는 일이 일어날 예감이 들었는지 미하루가 기대하며 들뜬 목소리로 물었다.

"무슨 일이 있었는지 사정은 잘 알았어요. 오빠가 말수가 적어서 사요 씨도 불안할 거야. 그러니까 오늘 밤에 사요 씨도 코모모와 함께 우리 집에서 자자! 우리끼리만 모여서 잔뜩 이야기하는 거야! 오빠와 신 씨는 둘이서!"

"하하하, 뭐야. 재미있어 보이는데. 나도 그 자리에 끼지."

"오호, 그럼 본인도 참가해도 되겠습니까?"

라티파가 여자끼리, 남자끼리 모이자고 제안하자 도미니크와 고우키가 참가하고 싶다고 했다.

"재미있을 것 같네요."

"뭐, 괜찮겠네."

리오와 신도 내키는 모양이었다.

"그건 그렇고 신. 리오 님을 뵈면 언행을 신경 쓰라고 그렇게 주의시켰건만, 거참……."

고우키가 어이없는 눈으로 신을 보았다. 그러나 당사자인 리오의 의향도 있어서 타박하는 느낌은 아니었다.

"뭐, 뭐 어때요. 본인이 그렇게 해달라는데."

신이 움찔하며 어색하게 변명했다.

"그래도 처음에는 경의를 표하고 삼가는 게 도리다, 이 녀석아."

"조, 좋은 게 좋은 거죠."

리오가 황급히 진정시켰다.

이렇게 떠들썩한 밤이 이어졌다.

그리고 또 한 시간이 지났을 무렵에는 연회장 분위기가 더 좋아졌다. 속도를 유지하며 술을 마신 사람들과 술을 잘 마시지 않은 극히 일부 사람도 스스럼없이 섞여 흥이 올랐다.

연회가 끝나고도 모임이 기다리고 있지만, 그렇다고 연회에서 교류하지 않아도 되는 건 아니었다. 그래서 식당 한쪽에 앞으로 함께 지낼 바위 집 사람들과 종자를 포함한 야구모 사람들이 둘러앉아 잔을 나눴다. 거기에 최고 장로들도 섞였다.

신은 얼큰하게 취했는지 붉은 얼굴로 즐거워하며 리오에게 엉겨 붙었고 사요도 처음보다 덜 어색하게 굴었다. 다소 진정했는지 제법 자연스럽게 술을 마셨다.

마침 잔이 비었는지 사요가 슬쩍 일어나 자리를 뜨려고 했다. 모두 가끔 일어나 음식과 마실 것을 가져와서 특별히 눈에 띄는 행동이 아니었다.

"야, 사요. 어디 가? 이 녀석한테 아직 하고 싶은 말 있지 않아?"

그런데 신이 자리를 뜨려는 사요를 발견하고 리오의 어깨에 팔을 두르며 불러 세웠다.

"오, 오빠……! 마실 거 가지러 가는 김에 잠깐 바람 쐬고 올게."

사요가 죄송합니다, 리오 님……이라고 말하듯이 꾸벅꾸벅 머리를 숙이며 자리를 떴다.

"……나도 잠깐 마실 것 좀 가져올게."

미하루가 사요를 응시하더니 옆자리에 앉은 아이시아에게 말하고 슬며시 일어섰다. 그리고 먼저 간 사요를 쫓아갔다.

"사요 씨."

미하루가 뭔가 결심한 것처럼 숨을 삼키고 말을 걸었다.

"미, 미하루 님? 네, 네. 무슨 일이신가요?"

예기치 못한 상황에 예기치 못한 상대가 말을 걸어서 그런지 사요가 조금 긴장해서 대답했다.

"아, 경칭 쓰지 않아도 돼요."

미하루가 난처한 얼굴로 말했다.

"그, 그럴 수는 없어요."

사요는 수습 종자의 신분으로 고우키 일행과 동행했다. 그 고우키 일행이 주군으로 정한 리오의 친구는 윗전이라고 생각하는 듯했다.

"그럼 적어도 님 말고 씨로 해줄래요?"

"노……노력하겠습니다."

"놀랐다면 미안해요. 사요 씨와 잠깐 둘이서 이야기하고 싶어서요."

"저와 말씀이세요?"

미하루가 말을 건 이유를 밝히자 사요가 눈을 깜빡였다.

"뭐라고 할까, 하루토 씨 일로……."

"죄, 죄송합니다. 아무리 리오 님이 왕족인 줄 몰랐다고는 해도 제가 분수를 몰랐습니다."

사요가 무슨 생각을 했는지 미하루에게 진심으로 사과했다.

"으, 으음, 사과할 일이 아니라고 생각해요. 사과해도 곤란하다고 할까……."

사요가 자신을 불필요하게 받들고 두려워하는 것 같아서 미하루가 당혹스러운 표정을 지었다.

"아, 아…… 죄송합니다……."

사요가 또 사과하고 말았다.

"후, 후후."

그러자 미하루가 즐거운 웃음을 흘렸다.

"왜, 왜 그러세요?"

"음, 저와 사요 씨가 왠지 닮은 것 같아서요……."

"저와, 미하루 님이……?"

사요가 어리둥절해서 고개를 갸웃거렸다. 미하루는 단아했고 촌 출신인 자신과 달리 교육을 잘 받은 게 느껴졌고 무엇보다 정말 예뻤다. 자기와 비슷한 데가 한 군데도 없다는 생각이 드는 외모였다.

"네, 하루토 씨가 마을을 떠날 때 사요 씨가 고백했다는 이야기를 듣고요……."

"그, 셨어요?"

그 말만으로는 닮은 이유를 모르겠는지 사요가 의아해
했다.

"저기, 실은…… 저도 하루토 씨에게 고백한 적이 있어
서……."

미하루가 사요에게 무도회 때 일어난 일을 고백했다.

"그, 그러세요?"

"네. 그래서 저도 하루토 씨와 거리를 두게 돼서…… 닮
았다는 생각이 들었어요."

"하, 하지만 미하루 님은 리오 님과 함께해도 괜찮다는
말을 들으셨죠?"

"그건 그, 저는 제가 포기 못 했다고 할까……. 아이가
여러모로 도와줘서……."

당시에는 리오가 아마카와 하루토가 환생한 인물임을 알
고 이러지도 저러지도 못했다. 그래서 마음을 억누르지 못
하고 밀어붙였다. 지금 돌이켜보니 너무 창피해서 미하루의
얼굴이 점점 빨개졌다. 물론 후회는 절대 안 하지만…….

"하지만 아이가 도와주지 않았으면 분명히 저도 사요 씨
처럼 거부당했을 거예요. 그만큼 하루토 씨의 의지는 완고
했어요……. 하루토 씨가 이 세계에서도 짊어진 게 있다는
걸 알았죠……."

리오임을 포기하고 아마카와 하루토로 살 수 없다. 그러

니까 복수를 포기할 수도 없다고 리오는 말했다.

리오에게는 리오로서 구축한 인간관계와 인생이 있었다. 그걸 부정할 수는 없었다. 그리고 리오가 리오로서 자라며 얻은 것의 무게가 어느 정도인지 알아버린 이상, 미하루도 리오에게 아마카와 하루토일 것을 요구할 수 없었다. 요구할 생각도 없었다.

그래도 리오가 좋았다. 하루토가 좋았다. 그것이 답임을 깨달았기에 미하루는 리오와 함께 있고 싶다는 마음을 전할 수 있었다. 미하루는 지금 사요와 대화하며 그때 일을 떠올렸다. 이번 여행은 어쩌면 리오의 뿌리를 더듬어가는 여행이 될지도 모르겠다. 리오가 리오로서 관계를 쌓은 사요 일행을 만나자 미하루는 그런 느낌을 받았다.

"그러셨군요……."

사요가 감정 이입한 눈으로 미하루를 바라보았다. 그건 미하루도 마찬가지였다. 사요의 이야기를 듣고 미하루는 어떻게 말해야 할지 모르겠지만, 사요에게 공감했다. 과거에 똑같이 마음을 전하고 거부당할 뻔한 사람으로서 사요에게 말을 걸지 않을 수 없었다. 한동안 둘만이 공유하는 분위기가 형성되며 침묵이 내려앉았다.

"음, 그러니까 왜 갑자기 이런 이야기를 꺼냈냐면 사요 씨와 이것저것 이야기해보고 싶어서……."

미하루가 무슨 말이라도 해야겠다 싶었는지 횡설수설 말을 꺼냈다.

"친구로 대해주면 좋겠어요."

그리고 쑥스럽게 웃으며 사요에게 말했다.

"저로도 괜찮으시다면, 그⋯⋯."

사요가 고개를 끄덕였다.

"그럼 잘 부탁해요, 라는 말은 이상한가? 잘 부탁해, 사요."

"네, 네. 미하루⋯⋯ 씨."

사요는 미하루 님이라고 부르려다가 결심한 듯 미하루 씨라고 불렀다.

"아, 둘이서만 치사하게! 친근한 분위기 만들고 있어!"

음료를 가지러 왔는지 라티파가 미하루와 사요에게 달려왔다.

"친구처럼 대해주면 좋겠다고 했어. 하루토 씨 이야기도 조금 했고. 이따가 라티파에게도 가르쳐줄게."

미하루가 후훗 웃으며 기쁘게 말했다.

정령환상기

⟪   막간   ⟫ ❊   지배자와 성녀의 대담

프로키시아 제국의 성.

과거에 리오가 루시우스의 단서를 찾기 위해 성에 잠입했을 때, 니들과 검을 맞댄 투기장.

할버드를 든 자그마한 소년과 빼빼 마른 남자가 있었다. 소년은 이 세계에 소환되어 얼마 전까지 모험가로 활약했던 키쿠치 렌지. 마른 남자는 프로키시아 제국 대사의 얼굴도 가진 레이스였다.

렌지는 신장인 할버드를 들고 투기장 필드를 종횡무진 내달렸다.

"흡!"

렌지는 한창 전투 훈련 중이었다. 레이스는 관객석 전망 좋은 위치에 자리 잡고 수많은 빛의 구를 펼친 뒤, 원격 조작으로 렌지를 향해 발사했다.

"하아아앗!"

렌지는 사방팔방에서 날아오는 빛의 포위망을 헤집으며 할버드를 휘둘러 접근하는 빛의 구를 벴다.

'……흠. 움직임이 제법 좋아졌군요. 상황 판단도 잘하게 됐습니다.'

레이스가 빛의 비를 조작하며 렌지의 성장을 평가했다.

"볼프 님."

레이스 곁으로 한 기사가 달려왔다. 상당히 서둘렀는지 살짝 숨이 찼다. 참고로 볼프는 프로키시아 제국 대사로 활동할 때 쓰는 레이스의 가문 명이었다.

"뭔가요?"

"황제 폐하께서 찾으십니다. 서둘러 알현실로 가시지요."

"알현실이요……?"

레이스는 입가에 손을 대고 생각에 잠겼다.

'그런 일정이 있다는 말은 못 들었으니 갑자기 손님이 왔나 보군요. 공무에 흥미가 없는 그 사람이 일부러 대담할 정도라면…… 어지간히 중요한 손님이거나 귀한 손님인가 봅니다.'

레이스는 눈 깜빡할 사이에 상황을 헤아리고 입가에 미소를 지었다. 니들은 그 인물과의 대담에 레이스가 입회하기를 원했다.

"알겠습니다. 바로 가죠. 렌지 씨에게 나머지는 자습하라고 전해주세요."

레이스는 그 말을 남기고 펼쳐둔 무수한 빛의 구를 전부 없애고 자리를 떠났다.

'……뭐지? 오늘 훈련은 벌써 끝이야? 기껏 몸이 풀렸는데.'

렌지는 갑자기 공격이 멈춘 걸 의아해하며 조금 아쉬운 마음으로 자리를 떠나는 레이스를 필드에서 쳐다보았다.

그로부터 십여 분 후.

레이스는 프로키시아 제국 성에 있는 알현실로 걸음을 옮겼다. 문 맞은편 가장 안쪽 단상에 놓인 옥좌에 앉은 황제 니들 프로키시아는 계단 아래 통로에 있는 손님을 존엄하게 응시했다.

지금 실내에는 두 사람과 레이스뿐이었다. 그러나 레이스는 손님의 위치에서 보이지 않게 숨어 구경만 했다.

'이거 아주 귀한 손님이 오셨군요.'

레이스는 방문한 손님을 응시하며 유쾌하게 입꼬리를 비틀었다. 손님은 수도복 같은 드레스를 입은 흑발 여성이었다. 본래는 니들의 허락이 있을 때까지 고개를 들 수 없지만…….

"손님에게 의자 하나도 준비하지 않다니 무례한 나라로군요. 프로키시아 제국이란 곳은."

여성은 니들에게 이렇다 할 경의를 보이기는커녕 몹시 불쾌해하며 말했다. 말투는 정중하지만, 매우 도발적이었다. 은근무례란 이럴 때 쓰는 말이리라.

"흐하하, 알현 약속도 하지 않고 들이닥친 무례한 자가 예의를 따지다니 가소롭군."

니들은 여성의 도발적인 태도와 언행은 신경 쓰지 않고 기분 좋게 웃어넘겼다.

'즐기는군요.'

나름대로 오래 알고 지낸 레이스가 니들의 심경을 파악했다. 평소에는 성에 틀어박혀 있느라 따분해하던 니들에게 갑자기 들이닥친 호전적인 상대와의 대화는 최고의 오락이었다.

　"갑자기 들이닥친 일면식도 없는 사람을 만나주기에 프로키시아 제국의 황제는 품이 넓은 분이길 기대했습니다만……기대가 어긋났군요. 상대와 대등한 눈높이에서 만날 도량도 없는 잔챙이라니."

　여성이 한심스럽게 말하며 니들을 더 도발하려고 했다.

　"전혀 모르는 사람도 아니니까. 네가 그 성녀이지?"

　니들은 황제의 여유가 느껴지는 미소를 지으며 여성의 도발에 넘어가지 않고 정체를 짐작했다. 그렇다. 여성은 성녀 에리카라 불리는 인물이었다.

　"어라, 저를 아십니까?"

　에리카가 의외라는 듯이 눈을 크게 떴다.

　"어느 변방에 있는 내 제국의 속국을 멸망시키고 새로운 나라를 세웠다고 들었다."

　"소문이 빠르십니다."

　"따분한 국제 정세 속에 조금은 재미있는 변화가 일어나서 말이야. 기억에 남았다. 목적이 뭐냐? 혁명으로 멸망한 나라의 종주국 군주를 만나러 혈혈단신으로 찾아오다니 제법 별나군."

　니들이 큭큭 웃으며 용건을 물었다.

"저는 그저 이 나라를 시찰하러 온 김에 나라의 지배자와 대담하러 왔을 뿐입니다."

에리카가 차분하고 당당하게 대답했다.

"시찰이라. 대체 무엇을?"

"이 나라 국민의 삶이 어떤지, 이 나라의 지배자인 당신이 국민을 학대하지 않는지에 관한 시찰입니다."

"큭, 크하하핫하하!"

"뭐가 재미있으시죠?"

"갑자기 들이닥친 성녀라는 수상한 여자가 황제 본인을 상대로 국민을 학대하지 않는지 확인하러 왔다고 잘난 듯 떠드는데 안 웃는 게 이상하지. 제정신으로 할 수 있는 짓이 아니다, 만……."

니들이 웃음을 거두고 물끄러미 에리카를 응시했다.

"저는 지극히 제정신입니다만?"

에리카가 아주 이상하다는 듯이 고개를 갸웃거렸다.

"……뭐, 그렇다 치지. 그래서 성녀의 눈으로 본 이 나라는 어떻던가?"

"제가 본 건 나라가 아니라 그곳에 사는 사람들입니다. 즉, 국민과 지배자입니다."

"짐에게는 그게 그거 같다만. 그래서?"

"단도직입적으로 명하겠습니다. 지금 당장 황위를 포기하고 나라를 국민에게 넘기세요. 그것이 국민 구제로 이어집니다."

옥좌에 등을 기대고 앉은 니들을 향해 에리카가 차가운 시선을 던졌다.

"지배자를 끌어내리는 게 국민 구제로 이어진다고는 생각하지 않는다만. 만약 거절한다면?"

"벌을 내리겠습니다."

에리카가 아무런 망설임도 없이 단언했다.

"호오, 그렇다면 지금 여기에서 해보겠나?"

바라는 바라며 니들이 호전적으로 입가를 일그러뜨렸다. 알현실에서도 몸에서 떼어놓지 않고 가지고 다니는 대검의 검집을 잡았다.

"아뇨, 지금은 아직 때가 아닙니다. 국민의 의지 없는 혁명은 구제가 되지 못하니까요. 이 나라의 국민은 배워야 합니다."

에리카는 태연하게 고개를 저었다.

"때가 아니라고? 나라의 최심부까지 발을 들이고 면전에 선전포고해놓고서 짐이 그냥 넘어갈 것 같나?"

니들이 당장에라도 일어나 베겠다는 듯이 앉아서 검을 뽑는 시늉을 하며 위협했다.

"그렇다면 어쩔 수 없죠."

에리카는 무서워하지 않았다. 어디선가 나타난 아름다운 석장 같은 메이스를 쥐었다. 니들에게 아무 생각 없다는 듯이…… 아니, 안중에도 없는 듯 감정 없이 마주 보며 전투태세에 들어갔다.

두 사람 사이에 일촉즉발의 분위기가 감돌았다.

"……어울리지 않는 힘을 손에 넣고 실성한 여자인 줄 알았건만, 너, 그냥 광대가 아니로군. 더 질 나쁜 마녀인가."

니들이 에리카의 얼굴을 수상쩍게 응시하며 들고 있던 검집에서 손을 뗐다. 그리고 에리카를 성녀가 아닌 마녀라고 불렀다.

"후, 후후, 후후후, 성녀를 상대로 마녀라니 말이 고약하군요."

에리카가 그제야 처음으로 인간다운 감정을 보였다. 참으로 즐겁게 입가를 뒤틀었다.

"호오, 제법 마음에 드는 표정을 짓는군. 청아한 성녀로는 보이지 않는다만?"

니들도 즐거워하며 지적했다.

"이런, 실례했습니다."

에리카가 입가를 손으로 가리고 성녀다운 미소를 꾸며냈다.

"흥, 역시 너는 아무리 좋게 말해도 마녀다."

"……당신에게 그렇게 비친다면 당신에게는 그렇겠죠. 자신의 목을 노리는 상대이니 그럴 만도 합니다. 당신이라는 오만한 황제가 국민을 구제하는 성녀의 자세를 이해할 리 없습니다."

"국민을 생각하고 국민을 이끌어 국민을 구제한다. 그것이 네가 말하는 성녀상이란 건 이해했다."

"어머나, 이해해주시니 기쁩니다."

"사실 국민을 생각하지 않는다는 것도. 그저 겉모습뿐인 성녀상이다."

"대체 무슨 말씀이신지 모르겠습니다만……."

니들이 속을 꿰뚫어 본 것처럼 지적했지만, 에리카는 이해가 안 된다는 듯이 고개를 갸웃거렸다.

"끝까지 실성한 광대를 연기할 거냐. 좋다. 그렇다면 열심히 서로 더 많은 국민의 목숨을 뺏는 수밖에."

"국민의 목숨을 빼앗아? 정말 무슨 말씀이신지 모르겠네요."

에리카가 귀찮은 듯 한숨을 내쉬었다.

"노골적으로 나를 도발해놓고 잘도 지껄이는군. 싸움을 거니 상대해주겠다는 말이다. 전쟁이 벌어지면 국민이 죽는 건 필연이다. 설마 그것도 모를 리는 없겠지. 건국을 위해 일으킨 혁명으로 수많은 목숨을 빼앗았을 테니."

"더 많은 국민을 구하려면 필요한 일이었지만, 안타깝습니다. 하지만 전쟁이 벌어지면 제가 앞장서겠습니다. 국민의 희생은 최소한으로 막아보죠."

"자신감이 대단하군. 그렇다면 더 이야기할 것도 없다. 빨리 사라져라."

"어머, 이대로 보내주시는 겁니까?"

"이대로 남고 싶나?"

에리카가 의아해하며 묻자 니들도 마찬가지로 의아해하

며 되물었다.

"……아뇨."

"그렇다면 사라져라. 이 방을 나가 얌전히 성문으로 나가라."

다시 보게 된다면 그곳은 전장일 것이라고 니들이 분위기로 말했다.

"그럼 실례하겠습니다."

에리카는 발을 돌려 활짝 열린 알현실을 나갔다. 넓은 알현실에는 니들과 레이스만 남았다.

"……용사가 틀림없습니다. 도중에 나타난 석장이 신장이겠죠."

레이스가 모습을 드러내고 니들에게 말했다.

"노골적으로 나를 도발하고 소란이 벌어져도 상관없다는 듯이 행동했다. 자기 힘에 어지간히 자신 있나 본데 그 점을 고려해도 파멸적인 여자다. 실성한 듯 보이나 지극히 냉정했다. 성가신 여자가 용사가 됐군."

니들의 말투는 말과 달리 통쾌함이 느껴졌다.

"……신장의 힘을 얼마나 끌어내느냐에 달렸지만, 요란하게 활동해서 슈트랄 세력도를 바꾼다면 검은 기사보다 성가실지도 모르겠습니다. 용사는 쉽게 죽일 수 없으니 더……."

레이스가 정말 걱정되는 것처럼 한숨을 흘렸다.

"루시우스가 죽어서 당분간 그에게 손댈 수 없는데 이 기회에 성녀를 추적해서 동향을 알아보죠."

레이스가 성녀 에리카가 나간 문으로 걸어갔다.

"국민 구제라니 제정신이 아니지만, 저 여자는 그걸 알고 구제라는 말을 쓴 것 같다. 그리고 호전적인 언행. 과연 무엇을 노리고 교단을 세웠을지……."

레이스의 뒷모습을 묵묵히 바라보던 니들이 홀로 중얼거렸다.

한편, 성녀 에리카는 알현실을 나가자 따라붙은 기사들과 함께 프로키시아 제국 성의 정문으로 걸어갔다.

"그럼 이만."

문에 도착하자 기사들이 동행을 멈추고 에리카가 문으로 나가도록 재촉했다.

"고마워요."

에리카는 밝게 웃으며 기사들에게 고마움을 표시하고 순순히 문으로 걸어갔다. 기사와 감시병의 주목을 받으며 당당하게 걸어서 문을 빠져나갔다. 제국 성이 작아지자 걸음을 멈추고 뒤로 돌아 우뚝 솟은 성을 시야에 담았다. 온도가 느껴지지 않는 차가운 표정이었다.

'역시 대국의 황제. 우둔하지 않군요. 다음에는 방식을 조금 바꿔보는 것도 좋겠습니다. 어디로 가느냐가 문제인데…….'

가르아크, 벨트람, 센트스텔라, 에리카는 머릿속으로 후보 나라를 나열했다. 전부 유명한 대국들이었다.

그리고 잠시 뒤…….

'그러고 보니…….'

에리카가 무언가 떠오른 표정을 지었다.

'분명 가르아크에 리카 상회가 있다고 했죠? 타국에도 이름을 떨칠 정도로 영향력 있는 상회라면 잘 이용할 수 있을지도 모르겠습니다. 국왕을 만나기 전에 만나볼까요. 그렇다면…….'

에리카의 머릿속에 리제롯테가 설립한 리카 상회가 떠올랐다.

'다음 목적지는 가르아크 왕국이군요. 우선 리카 상회 대표에게 면담을 신청해볼까요? 다른 사람들과 합류합시다.'

에리카의 다음 목적지가 정해졌다. 그 입가가 씩 뒤틀렸고 에리카는 가벼운 발걸음으로 프로키시아 제국 성을 뒤로했다.

제 4 장 ❖ 새로운 재회와 새로운 밀회

리오 일행이 슈트랄 지방을 떠나 정령의 주민의 마을에 도착한 지 약 2주 후. 리오 일행은 마을에서 며칠 머물고 바로 야구모 지방으로 떠났다.

동행인은 미하루, 세리아, 아이시아, 라티파, 사라, 오피아, 아르마. 그리고 고우키, 카요코, 코모모, 사요, 신, 아오이였다.

한 번에 옮길 수 있는 인원이 제한돼서 고우키의 부하 대부분은 동행하지 않고 마을에서 기다리기로 했지만, 리오를 포함해 총 열네 명이나 되는 대가족이었다.

참고로 오피아의 계약 정령인 에어리얼은 어느 정도 몸 크기를 조정해서 실체화할 수 있었다. 최대 몸길이 10미터까지 크기를 변경할 수 있지만 소비하는 마력도 늘어서 그렇게 커지는 일은 거의 없었다.

이동은 적당한 크기로 실체화한 에어리얼의 등에 일곱 명이 타고 자유자재로 하늘을 날 수 있는 리오, 아이시아, 오피아 셋이 남은 네 명을 옮겼다. 누가 누구를 옮기느냐로 작은 문제가 생기기도 했지만, 로테이션을 만들어서 무사히 마무리됐다. 이동은 순조로웠다. 미개척지에서 흔한 국지적인 이상기후나 괴물을 만나지도 않고 야구모 지방에 도착했다. 그리고 우선 리오의 아버지 젠이 자란 마을로 향했다.

그러나 수많은 마을 중 한 곳에 한 번에 도착하기는 어려웠다. 대강 어디인지 알아서 적당히 발견한 마을에 내려 유바가 관리하는 마을이 어디 있는지 확인하기로 했다. 낯선 사람이 갑자기 우르르 들어오면 마을 사람들이 경계할 테니 고우키와 카요코가 대표로 마을에 들어가 물었다.

다행히 첫 번째 마을에 유바를 아는 촌장이 있어서 마을 방향을 알게 되었고 리오 일행은 목적지 상공 부근에 도착했다.

"저 마을이네요. 틀림없어요."

리오가 해당하는 마을을 발견하고 상공에서 내려다보며 주위를 날아다니는 사람들에게 말했다.

'아버지와 어머니의 묘가 있어.'

언덕 위에 오도카니 서 있는 부모님의 묘를 보았다. 다른 사람에게는 이름도 없는 비석일 뿐이지만, 리오는 그것이 두 사람의 묘라는 걸 알았다.

"마을에 착지하면 놀랄 테니까 밖에 착지하죠."

리오가 말하고 내려가기 시작했다. 미하루를 안은 아이시아와 세리아를 안은 오피아가 뒤따랐다. 뒤늦게 에어리얼도 고도를 낮췄다.

"자, 내리세요."

리오가 안고 있던 두 사람에게 말했다.

"네!"

제일 먼저 코모모가 힘차게 대답했다. 리오의 양팔에서 풀려나 가볍게 땅에 발을 붙였다.

"내리기 전에 오빠 성분 보충!"

그리고 라티파가 리오의 등을 꼭 끌어안고 코모모처럼 가볍게 땅에 발을 붙였다. 그렇다. 리오는 코모모와 라티파를 안고 왔다. 둘 다 자그마하고 같이 이야기하고 싶어 해서 리오가 같이 옮겼다.

"라티파, 숨 막혀."

리오가 감당이 안 된다며 다정하게 호소했다.

"앞에 안긴 코모모, 뒤에 업힌 라티파였습니다. 데려다 줘서 고마워, 오빠. 고마움도 담아서 꼬옥!"

"천만에. 피곤하지 않았나요? 코모모."

"네! 긴 여행길을 옮겨주셔서 정말 감사합니다, 리오 님."

코모모가 리오를 마주 보고 예의 바르게 꾸벅 인사했다. 미하루와 세리아 일행도 착지해서 데려다준 사람에게 고마움을 표했다.

"저 마을이 리오의 아버님이 자란 마을이구나……."

"푸근하고 근사한 마을이네요. 공기도 맑고 마음이 차분해져요."

세리아가 오피아와 함께 리오에게 다가갔다. 몇백 미터 앞에는 밭이 있고 그 너머로 유바의 마을이 보였다. 세리아는 흥미롭게 시골 풍경을 둘러보았고 오피아는 크게 호흡하며 시골 공기를 즐겼다.

"오빠, 우리 마을이야……."

다시 돌아올 줄은 몰랐는지 사요가 자신의 고향인 마을을 오빠 신과 나란히 서서 멍하니 바라보았다.

"가는 길은 그렇게 힘들었는데 돌아오는 건 순식간이었어."

그래도 이동하는 데 일주일 넘게 걸렸지만, 정령의 주민의 마을까지 가는 데 몇 달이 걸렸다. 신이 "어처구니가 없네"라며 넋이 나간 얼굴로 리오를 보았다.

"이제 갈까요?"

"일단 유바 공에게 인사부터 해야겠군요. 깜짝 놀라겠습니다."

리오와 고우키가 앞장서서 마을로 향했다.

"오빠네 할머니와 사촌……. 왠지 긴장돼."

"괜찮아. 전에도 말했잖아. 두 사람에게 라티파 이야기를 하니까 만나보고 싶어 했다고."

드디어 만난다는 생각에 의외로 낯가리는 부분도 있는 라티파가 안절부절못했다. 리오가 그건 기우라고 말했다.

"라티파의 마음을 조금은 알 것 같아."

"저도요."

세리아와 미하루도 심장을 진정시키려는 듯 가슴을 손으로 눌렀다. 유바와 루리를 만난 적 없는 사라, 오피아, 아르마도 비슷한 반응을 보였다.

"그렇게 어려워하지 마세요. 아주 평범한 할머니와 사촌 누나니까. 소개할 저까지 긴장되네요."

리오가 조금 난처해하며 쓴웃음 지었다.

"유바 님도 루리 언니도 아주 상냥한 분이니까 걱정하실 것 없습니다. 라티파는 물론이고 여러분도 친가족처럼 대해주실 거예요."

코모모가 문제없다고 호언장담했다. 코모모는 예전에 리오네 집에서 유바, 루리와 잠깐 동거한 경험이 있어서 두 사람을 잘 알았다. 긴장하지 않고 만나는 게 기대되는 눈치였다.

"빨리 가자."

아이시아가 웬일로 일행을 재촉했다. 긴장한 기색은 없으나 유바와 루리를 만나는 게 기대돼서 재촉했는지도 모르겠다. 그런 의미로는 여느 때와 달랐다. 왠지 기분이 좋아 보였다.

아무튼 일행은 길을 지나 드디어 마을 터에 있는 농경지에 발을 들였다. 아직 정오 무렵이라 밝았다. 마침 점심때인지 농기구가 길바닥에 굴러다녔다. 저 앞에 있는 광장에 모두 모여 식사 중일 터였다. 리오가 있을 무렵에는 그랬다.

'그리운걸.'

리오는 향수에 젖었는지 기쁜 얼굴로 농경지를 둘러보며 앞으로 나아갔다. 그 모습에 소녀들은 리오가 이 마을에 돌아오는 날을 기대했다는 걸 느꼈다. 그래서인지 말을 걸지 않고 리오가 경치를 즐기는 모습을 지켜보았다.

리오 일행은 1분도 지나지 않아서 촌락 앞에 있는 광장에 도착했다. 리오가 예상한 대로 마을 사람들이 모여 점심 도시락을 먹고 있었다. 그중에는 루리도 있었다. 다 같이 이러네, 저러네, 하며 떠들썩하게 떠드는 모습에서 마을 사람들 사이가 좋은 게 보였다.

다들 이야기에 푹 빠져있었지만, 리오 일행이 우르르 걸어오자 눈치채는 사람이 있었다. 우르르 등장하자 처음에는 누구냐며 깜짝 놀랐지만, 그 사이에 리오, 신, 사요, 코모모와 고우키 같은 익숙한 얼굴이 있는 걸 보고 조금 전보다 더 놀랐다.

잠시 뒤.

"……리오?! 신이랑 사요! 코모모와 고우키 님까지?!"

루리가 벌떡 일어나 제일 먼저 달려왔다.

"오랜만이야."

리오가 오랜만에 사촌 누나를 만나서 수줍은지 또래 남자아이처럼 쑥스러워했다.

"오, 오랜만……. 어? 뭐야? 어떻게, 어떻게?!"

루리가 예기치 못한 재회에 어안이 벙벙한지 리오와 사요의 얼굴을 수없이 번갈아 보았다.

"……그래, 리오를 만났구나. 다행이야, 다행이야."

그러다 곧 마음의 짐을 던 것처럼 눈물을 글썽이며 안도했다.

"무사하게."

리오가 가볍게 어깨를 으쓱하며 고개를 끄덕였다.

"우와아아아아아아아!"

그러자 광장에 있던 마을 사람들이 입을 모아 환희했다.

"오랜만이야, 너네!"

"잘 돌아왔어!"

"뭐야, 사람 놀라게!"

"와, 리오 님이다! 오랜만이에요!"

"신! 사요!"

그들은 마을 동료인 리오, 사요, 신에게 달려갔다. 그리고 북새통을 이루듯 스킨십하며 세 사람의 귀환을 기뻐했다. 조금 뒤에 있는 미하루와 세리아 일행이 그 열기에 눌려 눈이 동그래졌다.

"와하하하, 리오 님은 마을 사람들에게도 사랑받으시는군요."

환영받는 리오를 보고 고우키가 즐겁게 웃었다.

"다, 다들 잠깐만! 기쁜 건 알겠는데 너무 흥분했어! 일단 떨어져, 떨어져 봐! 이야기를 들을 수가 없잖아!"

루리가 익숙하게 마을 사람들을 말렸다. 마을 사람들은 리오 일행을 한바탕 환영하고 만족했는지 순순히 물러났다.

"어휴……. 괜찮아? 사요, 리오."

루리가 못 살겠다며 탄식하고 북새통에 휘말린 리오와 사요를 신경 썼다.

"야, 나도 당했거든."

내 걱정은 안 하냐며 신이 따졌다.

"너는 누가 봐도 멀쩡하잖아. 남자애가 말이 많아."

"아니, 리오도 남자거든? 그보다 이 녀석이 나보다 훨씬 강하다고?!"

신이 리오를 가리키며 호소했다. 예전에는 종종 봤던 그 모습이 재미있는지 마을 사람들이 대화하는 두 사람을 보며 즐겁게 웃었다.

"좋아, 둘 다 괜찮은 모양이네."

루리가 신을 무시하며 리오와 사요의 옷을 가볍게 정리해줬다.

"그럼 다시. 잘 다녀왔어, 리오, 사요, 그리고 신도."

그리고 세 사람의 귀환을 환영했다.

"응. 다녀왔어."

"다녀왔어, 루리 씨."

"……응."

리오 일행이 조금 쑥스러워하며 대답했다. 주위에 있는 마을 사람들도 "어서 와!"라며 세 사람의 귀환을 축복했다.

"코모모와 고우키 님, 카요코 님도 오랜만이에요. 아오이 씨도. 별일 없는 것 같아 다행이에요."

"음. 덕분에. 루리 공도 건강해 보여서 다행이다. 유바 공도 잘 지내는가?"

"네, 여전하세요. 앗, 얼마 전에 오셨는데 하야테 님도 잘 지내세요. 고우키 씨와 코모모가 돌아온 걸 알면 기뻐할 거예요."

"오호, 잘 지낸다니 다행이군."

고우키가 아들 이야기를 듣고 활짝 웃었다.

"그런데…… 저기 있는 사람들은 누구?"

루리가 이야기를 끊고 리오와 동행한 미하루, 세리아, 아이시아, 라티파, 사라, 오피아, 아르마를 보았다. 마을 사람들도 궁금했는지 일제히 그들을 바라보았다.

"……."

미하루 일행은 어색한 표정으로 숨을 삼켰다. 주목받자 긴장한 모양이었다.

"고우키 씨나 사요의 지인은 아닌 것 같고…… 리오의 지인?"

루리가 소거법으로 가능성을 꼽고 리오를 보며 물었다.

"응, 맞아."

리오가 조금 쑥스러워하며 고개를 끄덕였다.

"흐음……"

루리가 미하루 일행을 물끄러미 바라보았다.

"저, 저기, 리오. 잠깐, 잠깐."

루리가 리오의 팔을 당겨 다른 사람에게 들리지 않도록 등을 돌렸다. 그리고 리오의 등에 팔을 감고 몸을 숙여 소곤소곤 말했다.

"왜?"

"왜긴. 누구야?"

"음…… 그러니까 지금 말한 대로 내 지인인데?"

갑작스러운 비밀 이야기에 리오가 당황했다.

"그거 말고, 진짜! 리오의 연인이 누구냐는 말이잖아!"

루리가 감질나는지 세게 물었다.

"여, 연인?! 아, 아니…… 그, 뭐라고 해야 하나……."

리오는 말문이 막혔다. 자신에게 그들이 어떤 존재인지 설명하기 난감했다. 연인은 아니었다. 하지만 그냥 친구라고 하는 건 아닌 것 같아 골이 아팠다. 상대가 루리라서 더욱. 그들을 제대로 소개하고 싶었다.

동료라는 말이 잘 맞아서 쓰고는 했지만, 리오에게는 또 하나, 이렇게 말했으면 좋겠다는 표현이 있었다.

"가족……이 가장 어울리려나."

리오가 자신과 루리를 보는 그들을 돌아보며 그 말을 조심스럽게 입에 담았다.

"서, 설마 모두와 그런 관계야?!"

루리가 엉뚱한 소리를 하며 당황했다. 관계가 어떤 관계를 뜻하는지 본인만 알겠지만, 아무래도 좋지 않은 오해를 산 모양이었다.

"응? 응."

리오가 이상해하며 고개를 끄덕였다.

"으, 응이라니……."

루리는 말문이 막혔다.

"아, 아! 진짜! 아! 진짜! 저, 저기. 그건 좀 아니지, 리오. 누나는 그런 거 탐탁지 않아."

그리고 몹시 당황하더니 리오에게 들이댔다.

"아, 아니, 뭔가 치명적으로 착각한 거 아니야?"

리오가 그제야 그 가능성을 떠올렸다.

"그보다 모두 공주님처럼 예쁘다니 어떻게 된 일이야? 너 얼굴 밝히는 사람이었어? 사요는 네 성에 안 차던?!"

루리가 어지간히 충격을 받았는지 잘못된 방향으로 이야기를 키웠다.

"자, 잠깐, 루리! 뭔가 단단히 착각한 것 같은데! 제대로 소개할 테니까 진정해."

"차, 착각? 뭘 착각했다는 거야?"

리오가 황급히 루리의 양어깨를 잡고 착각을 바로잡으려고 했다.

"오빠, 루리 씨와 정말 사이좋나 봐."

평소보다 편하게 말하는 리오를 보고 라티파가 신기해하며 말했다.

"응. 아이시아와 너 말고도 저 아이가 저렇게 편하게 말하는 사람이 있었구나. 정말 즐거워 보여."

세리아가 흐뭇해했지만, 조금 쓸쓸하기도 하고 부러운 것 같기도 했다. 자신들이 모르는 리오의 모습을 알게 되어 기뻤지만, 그걸 아는 사람이 자신이 아니라서 마음이 복잡하리라. 평소에는 쉽게 볼 수 없는 리오의 표정을 끌어내는 모습에 동경했다.

아무래도 그건 다른 사람들도 마찬가지인 듯했다. 모두

비슷한 표정이었다. 그리고 그들의 표정을 본 마을 사람들은 리오를 둘러싼 인간관계를 알게 되었다.

남자들은 이를 악물고 리오를 바라보고 신에게 눈빛으로 사실을 확인했다.

"생각났어, 이 녀석이 마을에 있을 때가……."

신은 꾸벅 고개를 끄덕이고 어린 여자아이들이 모두 리오에게 반해서 마을 젊은 남자들이 심란해한 옛 기억을 떠올렸다. 그리고 모두 저주하듯 리오를 노려보았다.

"의동생이 있다고 말한 적 있지? 은사님이 있다는 이야기도. 그 외에도 사정이 있어서 같이 지내는 사람들이 있어서 루리와 마을 사람에게 소개하려고 같이 왔는데……."

리오가 변명하고 세리아와 라티파를 부르고자 그쪽을 보았다. 그러다 마을 남자들이 노려보는 것을 깨닫고 불러야 하나 망설이며 입을 다물었다.

"응? 그래?"

루리가 기뻐하며 라티파와 세리아 일행을 보았다.

"야, 리오!"

"너 이렇게 귀여운 아이들과 동거하냐?!"

"웃기고 있어!"

"왜 맨날 너만!"

"그래, 치사해! 빨리 우리에게 소개해!"

남자들이 리오에게 항의하며 덤벼들었다.

"여, 여러분에게도 소개할 테니까 잠깐만. 잠깐만요!"

리오가 손으로 남자들을 말리려고 했으나 말려질 리 없었다…….

"잘한다, 더 해라!"

"사람들 부추기지 마, 오빠!"

신이 친구들을 부추기자 사요가 황급히 주의시켰다.

"괜찮아, 이게 저 녀석들 나름대로 리오를 환영하는 거야."

신이 마치 다 아는 것처럼 말했다. 실제로 리오에게 덤벼든 남자들의 얼굴에 걸린 짓궂은 미소에 그냥 장난치는 게 보였다. 신이 말한 대로 마을 젊은 남자들 나름의 리오 환영식이었다.

"루, 루리, 도와줘…….."

리오가 남자들에게 휩싸여 루리에게 도움을 청했다.

"어어, 이렇게 되면 못 말려. 미안. 나는 먼저 사람들 데리고 할머니한테 갈게. 진정되면 리오도 와."

루리도 이 상황을 즐기는지 목소리가 들떴다. 루리는 두 손을 합장하고 리오에게 고개를 숙였다.

"우리 집으로 안내할 테니까 모두 따라와. 자, 가자."

그리고 미하루 일행이 있는 쪽으로 다가가 친근하게 말을 걸고 이동하자고 재촉했다.

"어, 하지만……."

이대로 두고 가도 되냐고 미하루 일행이 조심스럽게 리오를 보았다. 리오는 마을 남자들에게 양어깨를 잡혀 흔들리며 혼신의 심문을 받고 있었다.

"괜찮아, 괜찮아. 마을에 있을 때 종종 저랬어. 자, 사요 도 가자."

키득키득 웃음을 참으며 루리가 미하루 일행의 등을 떠밀었다.

"흥. 우리도 가자, 사요."

신도 기분 좋게 코웃음 치고 사요의 등을 밀었다.

"……흐음. 저 녀석들 나름의 환영식인데 말리는 건 별로겠군. 어쩔 수 없지. 우리도 가자."

리오라면 저 정도 포위망은 쉽게 빠져나올 수 있었다. 그러지 않는 것은 리오도 싫지 않기 때문이라고 생각하고 고우키는 아내인 카요코와 종자 아오이를 데리고 루리 일행을 뒤따랐다.

리오가 남자들에게서 해방된 건 미하루 일행이 안 보이게 된 후의 일이었다.

그 후, 미하루 일행은 루리의 안내를 받아 촌장인 유바의 집에 들렀다. 마침 집에 도착하기 직전에 풀려난 리오가 따라와 함께 집으로 들어갔다.

예기치 못한 손님에 놀란 건 유바도 마찬가지였다. 처음에는 대인원에 놀라고 그 사이에서 리오와 고우키, 신 일행을 발견하고 연속으로 놀랐다.

그러나 곧바로 진정을 되찾고 리오와 고우키 일행과 재회 인사를 나누고 마을에 오는 동안 무슨 일이 있었는지 간단하게 들었다.

"아하하, 그거 큰일이었겠어."

유바는 리오가 마을 남자들에게 환영받은 이야기를 듣고 크게 웃었다.

"와, 할머니 기분 좋네."

리오가 돌아와서 그렇다고 루리가 중얼거렸다.

"그건 그렇고…… 제법 많은 사람을 데려왔구나."

유바는 리오가 데려온 소녀들의 얼굴을 둘러보고 감탄하며 목을 울리듯이 말했다. 긴장했는지 미하루 일행이 단정하게 정좌했다.

"그것도 미인들하고만 왔어. 이거 마을 젊은 놈들이 소란 피울 만해."

"그렇지? 나도 놀랐어."

유바는 큭큭 웃고 루리는 연신 동의했다.

"빨리 소개해줘라."

유바가 리오에게 동행인들을 소개해달라고 재촉했다.

"그럼 마을에 있을 때 말한 적 있는 두 사람부터요. 은사님인 세리아와 의동생 라티파예요."

리오가 손을 가리키며 두 사람의 이름을 불렀다.

"오호."

"라티파 옆에 있는 세 사람은 오른쪽부터 차례대로 사라 씨, 오피아 씨, 아르마 씨. 세 사람은 같은 마을 출신이고 항상 저를 도와줘요."

이어서 마을 세 사람을 소개했다.

"그리고 이런저런 일이 있어서 같이 지내는 미하루 씨와 아이시아. 일곱 명 모두 제게는 가족같이 소중한 사람들이에요."

마지막으로 미하루와 아이시아를 소개하고 부끄러워서 볼을 붉적이며 그들과 자신의 관계성을 언급했다.

"……그 말은 결혼을 전제로 사귄다는 말이냐?"

"아, 아뇨, 그러니까 그런 게 아니라……."

리오는 민망해서 고개를 숙였다.

"후후, 농담이다. 아무래도 좋은 아이들을 만났나 보다. 표정이 제법 좋아졌어. 아야메 님이 몰래 이 마을에 왔을 때의 젠이 떠올라."

유바가 부드럽게 웃으며 리오를 놀리고 다정한 눈으로 말했다.

"하하하, 그때는 난리였지."

당시 있었던 일을 잘 아는 고우키와 카요코가 그리운 듯 웃으며 절절한 표정을 지었다.

"……여러분, 이 아이에게 할머니다운 일을 해준 건 아니지만, 리오가 항상 신세 지고 있습니다."

유바가 평소의 근엄한 말투를 숨기고 정중한 말투와 동작으로 소녀들에게 머리를 숙였다.

"아, 아뇨, 저야말로!"

미하루와 세리아, 사라가 황급히 머리를 숙였다.

"저희야말로 리오 씨에게 항상 신세 지고 있습니다."

오피아와 아르마가 꾸벅 인사했다. 아이시아는 일행을 따라 예를 갖췄다. 평소처럼 과묵하지만, 입꼬리가 부드럽게 올라갔다.

한편, 라티파는 모르는 사람 앞이라 조금 낯을 가리는지 꿔다놓은 보릿자루처럼 조용하게 일행을 따라 인사했다.

"있잖아, 한 명, 한 명 모두가 궁금한데 리오의 의동생이라면 라티파는 내 동생이기도 한 거지?"

"즉, 내 손녀이기도 하고."

루리와 유바가 라티파에게 관심을 보였다.

"네? 아, 네⋯⋯. 그렇게 생각해주시면 좋겠어요."

라티파가 수줍어서 눈을 내리뜨며 고개를 끄덕였다.

"하⋯⋯ 귀여워라. 나 동생이 생기길 바랐거든. 잘 부탁해, 라티파⋯⋯라고 불러도 될까? 이미 불러버렸지만."

"물론이에요. 그럼 저도 루리 언니라고 불러도 되나요? 유바 씨도, 유바 할머니라고⋯⋯."

"물론! 좋아!" "그래."

루리와 유바가 기뻐하며 곧바로 대답했다.

"에헤헤, 고맙습니다."

"하⋯⋯ 귀여워! 많이 이야기하자! 다른 사람들도!"

수줍어하는 라티파를 보고 감격했는지 루리가 기뻐하며

라티파를 끌어안았다. 그리고 다른 사람들에게도 말했다.

"그래서 얼마나 마을에 있을 거냐? 리오. 일단 오늘 밤 환영회를 열겠지만, 이대로라면 아무리 이야기해도 시간이 모자르겠어."

"저와 고우키 씨는 조만간 왕도로 갈 생각인데 그동안에 다른 분들은 마을에 머물러도 될까요? 역시 다 같이 몰려갈 수는 없으니……."

"물론이다."

유바가 활짝 웃으며 고개를 끄덕였다.

"감사합니다. 2주 정도 머물 것 같으니 잘 부탁드려요."

"여기는 네 집이기도 해. 섭섭한 소리 하지 마라."

"……네."

리오가 쑥스러워하며 눈을 휘었다.

"그렇다면…… 신, 사요. 마을 사람들에게 인사하면서 오늘 밤에 연회를 열 거라고 전해주겠느냐?"

"응, 좋아."

"네."

유바의 부탁에 남매가 자리에서 일어났다.

"그럼 요리를 도울게요. 식자재와 술을 많이 가져왔거든요."

리오가 제안하자 미하루와 오피아도 돕겠다고 했다.

"와! 또 리오의 요리를 먹을 수 있어!"

루리가 아주 기뻐했다. 이리하여 정령의 주민의 마을을 들렀을 때처럼 이곳에서도 환영회가 열리게 되었다.

◇ ◇ ◇

그리고 그날 저녁.

연회를 시작하기에는 아직 조금 이르지만, 성급한 마을 사람들이 연회장으로 쓸 마을 중앙 광장에 조금씩 모이기 시작했을 무렵.

다 같이 힘을 모아 연회 음식을 만든 리오는 마을 외곽에 있는 높직한 언덕을 찾아갔다. 이유는 물론 부모님 성묘였다.

리오 주위에는 마을에 들렀을 때와 똑같은 사람들이 있었다. 리오가 고우키와 카요코에게 성묘하러 간다고 하자…….

"저희도 함께 가도 되겠습니까?"

다른 사람들도 같이 가고 싶다고 했다. 많은 인원이 이동해서 눈에 띄었지만, 루리가 동행해서 도중에 연회에 가는 마을 사람과 마주치면 "마을을 간단하게 안내해주고 있어. 먼저 광장으로 가"라며 얼버무리며 목적지인 언덕에 도착했다.

우선 리오 홀로 비석으로 천천히 걸어갔다. 다른 사람들은 리오를 배려해 어느 정도 다가가다 멈춰 섰다. 리오는 그들의 배려를 느끼고 살짝 미소를 그리며 앞으로 걸어갔다.

'……여기도 하나도 안 변했네.'

언덕에서 보이는 주변 풍경을 둘러보았다. 이제 곧 저물

해를 보니 마을에 있을 무렵이 어제 일처럼 선명했다.

그러나 그 무렵의 리오와 지금의 리오는 달랐다. 리오의 마음속에서 무언가가 변했다. 리오 스스로 그것을 실감했다.

'어머니, 아버지. 목적을 이뤘어. 루시우스를 죽이고 왔어······.'

두 사람이 기뻐해 줄까? 어쩌면 슬퍼할지도 모르지만, 죽은 이는 말이 없으니 알 수 없었다.

하지만 그래도 괜찮았다. 인정받고 싶어서 복수를 결심한 게 아니었다. 인정받기 위해 복수를 이룬 것도 아니었다.

누군가를 위해서가 아니었다. 다름 아닌 자기 자신을 위해, 리오는 2년 전 이 언덕에서 복수를 결심했다.

그러니 리오의 무언가가 변했다면 그것은 멈췄던 마음속 시곗바늘이 다시 움직이기 시작한 것이리라. 정확하게 움직이는지는 모르겠지만, 천천히, 바늘은 분명히 움직이기 시작했다.

'아마 복수를 마친 것만으로는 이렇게 되지 않았을 거야.'

리오는 그렇게 생각했다. 왜냐하면 다름 아닌 리오가 인정하지 않았을 것이다. 복수를 마친 자기 자신을. 복수가 올바르지 않은 행위임을 알면서도 리오는 실행에 옮겼으니까······. 리오는 자기 자신을 혐오했으리라.

그러나 지금은 혐오라고 할 정도로 자신을 싫어하지 않았다. 이런 자신과도 함께 있고 싶다고 말해주는 사람들이 있다는 걸 알았으니까 조금은 자신이 좋아졌다. 아직 별로 자신은 없지만…….

'소중한 것을 잃고 싶지 않아. 그래서 스스로 놓으려고 했어. 하지만 이런 제멋대로인 나에게 손을 내밀어준 모두에게 이번에는 내가 무언가를 돌려줄 차례야.'

리오는 과거에 복수를 맹세한 이 언덕에서 다시 결심했다. 그리고 그것을 맹세하듯이 부모님의 묘인 이름도 없는 비석 앞에서 두 손을 합장했다.

이 비석은 두 번 다시 카라스키 왕국으로 돌아오지 않을 두 사람을 죽은 사람으로 보고 그런 두 사람을 추모하기 위해 사정을 아는 극히 일부의 사람이 몰래 만든 묘였다. 그래서 이곳에 부모님의 시신은 잠들어 있지 않았다. 리오는 어디에 시신이 있는지도 몰랐다. 하지만 그래도 리오는 이곳을 부모님의 묘라고 생각하고 두 사람을 애도하기 위해 합장했다.

리오는 잠시 뒤 맞붙인 두 손을 떼고 고개를 들었다. 몸을 돌려 모두가 있는 쪽을 보았다.

"고맙습니다, 여러분."

맞은편에 있는 눈 부신 태양에 실눈을 뜨고 부드러운 목소리로 일동에게 감사를 표했다.

그 후, 고우키와 카요코, 미하루와 세리아, 라티파 일행도 차례대로 리오의 부모님을 애도하고 연회장으로 향했다.

리오 일행은 밤이 깊을 때까지 떠들썩하게 즐겼고 마을 사람들에게 극진한 대접을 받았다.

◇　◇　◇

카라스키 왕국의 마을에 도착하고 이틀 후의 오전.

리오는 고우키, 카요코, 코모모와 아오이를 데리고 카라스키 왕국 왕도로 향했다. 이동하기에 앞서 오피아의 도움을 받아 고우키 일행을 왕도까지 옮겼다. 왕도 근교 길을 따라 있는 언덕에 착륙했다.

"그럼 일단 3일 후 정오에 다시 이곳에 올게요."

오피아는 데리러 오겠다고 약속하고 마을로 돌아갔다.

리오 일행은 다섯이서 왕도에 들어가 일단 고우키의 저택으로 갔다. 갑자기 성으로 가지 않은 건 고우키 일행 일가가 재회한다는 이유도 있지만, 고우키는 지금 은거하며 행방을 감춘 상태였다.

리오를 쫓는다는 걸 숨기고 행방을 숨긴지라 갑자기 나타나면 온갖 절차를 거치며 소란이 일어날 게 필연. 그래서 하야테를 통해 국왕 호무라, 왕비 시즈쿠 부부와의 밀회를 계획하기로 했다.

하야테는 갑작스러운 부모님의 귀환 소식을 듣고 놀랐지만, 사정을 파악하고는 중개하기 위해 즉시 움직였다. 오전 내에 돌아와 그날 오후에 밀회 약속을 잡고 돌아왔다.

그리하여 리오 일행은 하야테를 따라 가능한 한 몰래 왕궁으로 걸음을 옮겼다. 리오가 과거에 국왕 부부와 대담한

방으로 안내받았다.

"갑작스러운 방문에도 당일에 만나주셔서 진심으로 감사드립니다. 호무라 님, 시즈쿠 님."

리오는 맞은편 의자에 앉은 국왕 부부, 즉 자신의 조부모에게 고개를 숙였다.

"그대가 돌아오지 않았나. 최우선으로 일정을 조정하는 게 당연해. 그것도 그대를 쫓아간 고우키와 카요코도 함께 왔으니 지금 나에게 이보다 중요한 손님은 없다."

호무라가 친딸 아야메의 유산이라고도 할 수 있는 손자 리오를 만나서 좋은지 무척 기쁜 표정을 지었다.

"내가 아니라 우리겠죠? 여보."

호무라의 아내 시즈쿠가 토라져서 볼을 부풀렸다. 리오의 할머니이니 40세 정도 차이가 날 텐데 토라진 얼굴은 무척 사랑스러웠다.

"하하하, 미안하오."

호무라가 기분 좋게 웃으며 순순히 사과했다.

"다시 만나서 정말 기쁘구나, 리오. 정말, 정말 잘 돌아왔다. 잘 지낸 것 같아 안심이구나."

시즈쿠가 안도의 한숨을 내쉬며 사르르 눈웃음쳤다. 그런 표정은 리오가 기억하는 어머니 아야메와 똑같았다.

"야구모 지방을 떠나고 많은 일이 있었지만, 덕분에요."

리오는 조금 그리운 표정을 지으면서도 다정하게 웃으며 고개를 끄덕였다.

"……하야테에게 대강 상황은 들었지만, 그대의 입으로도 무슨 일이 있었는지 자세히 들려주겠나?"

호무라가 부탁했다.

"네. 그러려고 왔습니다. 일단 무슨 일이 있었는지 말씀드리겠습니다."

리오는 복수를 위해 카라스키 왕국을 떠나고 지금 이렇게 다시 카라스키 왕성에 발을 들일 때까지 있었던 사건들을 간단하게 설명하기로 했다. 최소한의 정보만 모은지라 몇 분이 지나지 않아 보고가 끝났다. 마지막으로 앞으로는 고우키 일행과도 같이 움직이기로 했다는 말도 잊지 않았다.

"……다양한 만남이 있었구나. 그래서인지 방에 들어왔을 때도 든 생각이지만, 제법 좋은 표정을 짓게 되었어."

호무라가 리오의 표정을 물끄러미 바라보고 흐뭇하게 입꼬리를 올렸다.

"어머, 당신도요? 실은 저도 그렇답니다."

부부의 의견이 일치했기 때문인지 시즈쿠도 기뻐하며 동의했다.

"후후후. 오랜만에 리오 님을 만난 사람은 모두 입을 모아 그렇게 말하더군요. 실은 본인도 그렇게 생각했습니다."

고우키가 자랑스럽게 말했다.

"……그렇게나 얼굴에 티가 나나요?"

리오가 자신의 뺨에 손을 대고 의아해하며 고개를 갸웃거렸다.

"흐음. 완전히 사라지지는 않았지만, 이전의 그대에게서 느껴지던 그늘이 제법 옅어졌다고 해야 할까. 그게 그대의 강한 의지의 표현이기도 했지만……."

괜히 국왕이 아니었다. 호무라는 과거의 리오와 지금의 리오의 표정이 어떻게 변했는지 잘 설명했다.

"복수를 마쳤기 때문일지도 모르죠?"

리오가 조금 민망한 듯 고개를 갸웃거렸다.

"후후후. 확실히 복수를 끝내고 밝은 표정을 짓는 자도 있겠지. 하지만 그런 패거리는 대부분 더 공격성이 보이는 표정이기 마련이다. 자신의 정당성을 과시하면서. 그대처럼 죄책감이 보이는 표정은 짓지 않아."

자신이 옳다고 의심하지 않기에 죄책감 없는 밝은 표정을 지을 수 있는 것이라고 호무라가 받아쳤다. 그것은 국왕으로서 수많은 사람을 눈에 담은 호무라이기에 할 수 있는 정확한 지적이었다.

"……만약 지금 제 표정이 그렇게 보인다면 호무라 님이 말씀하신 대로입니다. 좋은 만남들 덕분이라고 생각해요."

리오가 자기 입으로 인정했다.

"그 좋은 만남 덕분에 그대 주변에는 근사한 사람만 있구나."

시즈쿠가 자기 일처럼 기뻐하는 얼굴로 추측했다.

"……네. 그 사람들은 제 곁에서 복수만을 위해 살려고 한 저라도 함께 있고 싶다고 말해줬습니다. 그래서 깨달았어요. 저는 잃은 만큼 소중한 걸 얻었다는 것을."

리오가 천천히 입술로 호를 그리고 심경 변화를 토로했다.

"……사실은 과거에 내 앞에서 그대가 복수를 말했을 때 그대가 복수를 마치고 빈껍데기가 되지 않을까 걱정했다. 하지만 그대에게 복수하지 말라고 할 수 없었는데……. 괜한 걱정이었군."

당시의 리오가 떠올랐는지 호무라가 살짝 씁쓸한 표정을 지었지만, 마지막에는 굳은 몸에서 힘을 뺐다.

"인제 와서 제멋대로일지도 모르지만, 복수를 끝낸 지금, 앞으로는 지금 있는 소중한 것을 잃지 않기 위해 살아보고자 합니다."

자신을 위해, 다름 아닌 모두를 위해……. 리오는 결연한 표정을 지었다.

"……그래, 알겠다. 그래서 고우키를 거둘 결심을 한 게로군."

"네……."

"그런데 앞으로 어쩔 생각인가? 카라스키 왕국에 계속 머무는가?"

호무라가 무슨 일인지 조금 긴장한 표정으로 리오의 안색을 살피듯이 쳐다보며 물었다.

'만약, 만약 그대가 카라스키 왕국에 남아준다면…….'

복수를 끝내고 소중한 것을 얻은 리오에게 안주할 땅을 마련해주는 정도는 할 수 있지 않겠냐고 생각하는 것 같았다.

"다시 슈트랄 지방으로 돌아갈 생각입니다."

그러나 리오는 고민하지 않고 대답했다.

"……그런가. 그러면 또 쓸쓸해지겠군."

아쉬운지 호무라의 표정이 어두워졌다.

"소중한 사람들의 미래를 위해 슈트랄 지방으로 돌아가야 합니다. 죄송합니다."

미하루와 사츠키, 아키와 마사토의 미래가 걸렸고 세리아 일도 있었다. 그렇다면 슈트랄 지방을 활동 거점으로 삼아야 한다고 생각했다.

"사과할 것 없다."

"……네. 다만 슈트랄 지방에 있는 시간이 더 많겠지만, 앞으로는 더 자주 찾아오려고 합니다. 폐가 안 된다면 또 인사드리러 와도 될까요?"

리오라면 한 달에 슈트랄 지방과 야구모 지방을 오갈 수 있었다. 그래서 어지간한 비상사태가 일어나 한 달도 자리를 비울 수 없는 상황이 벌어지지 않는 한은 앞으로 정기적으로 얼굴을 보이고 싶었다.

"물론이다."

"당연하지."

호무라와 시즈쿠의 힘찬 말이 겹쳤다.

"……감사합니다."

리오는 편안하게 표정을 풀었다.

"너를 이렇게 바꿔준 소중한 사람들을 우리가 직접 만나

감사 인사를 하고 싶은데……."

시즈쿠가 리오와 함께 지내는 사람들이 궁금한지 무척 아쉬워하며 한숨을 흘렸다.

"아무래도 성으로 데려올 수는 없었습니다. 사람이 많아서 너무 눈에 띄어요."

정체 모를 사람들이 줄줄이 성에 방문해 국왕 부부와 면담하기는 힘들었다. 심지어 야구모 지방 주민으로 보이는 미하루라면 몰라도 세리아, 아이시아, 라티파, 사라, 오피아, 아르마의 외모는 야구모 지방에 사는 주민과는 인종적인 특징이 달라서 들킬 터였다(참고로 사라 일행은 마도구로 종족적인 특징을 숨겼다). 마도구로 머리카락 색은 바꿀 수 있지만, 이국 출신으로 의심받을 우려가 컸다.

"사람의 눈이 많은 성에서 만나는 건 어려운가. 하지만 성 밖이라면……."

호무라가 고민하는 얼굴로 흠, 목을 울렸다.

"참고로 이번에는 얼마나 더 유바 공의 마을에 머물 생각인가?"

그리고 리오에게 물었다.

"……2주 정도입니다."

설마 성 밖으로 나가 만날 생각인가? 리오의 눈이 동그래졌다. 국왕 부부가 외출하려면 제약도 많을 텐데…….

"……아주 잠깐의 밀회라도 괜찮으시다면 방법이 없지는 않다고 봅니다. 오피아 공이 도와준다면 말입니다."

고우키가 입꼬리를 씩 올리며 리오를 보았다.

"정말인가?"

"자세히 말해봐요, 고우키."

호무라와 시즈쿠가 큰 관심을 보였다.

"몇 시간 정도는 몸을 숨기실 수 있으시지요? 그사이에 밀회를 마치시면 됩니다. 어떻게 생각하십니까? 리오 님."

고우키가 간계를 꾸미는 듯한 표정을 지었다. 에어리얼을 아는 리오는 그것만으로 고우키가 어떤 계획을 생각 중인지 알아차렸다.

"하지 못할 건 없지만, 국왕 부부가 몰래 성을 나가도 괜찮은가요?"

리오가 얼마나 위험한지 물었다.

"그때는 그때다. 몇 시간 내로 돌아오면 잘 넘어갈 수 있어. 무슨 일이 있어도 국왕인 내가 책임지면 된다. 그래서 어떻게 성을 나가나?"

호무라가 결심이 느껴지게 선언하고 동심으로 돌아간 것처럼 눈을 반짝였다. 리오의 소중한 사람들을 어지간히도 만나고 싶은지 몰래 나갈 생각으로 가득했다.

"어머나, 옛날에 아야메가 성을 몰래 나가 젠의 마을로 간 소동이 떠오르네요. 설마 나도 몰래 나갈 수 있다니."

시즈쿠도 적극적이었다.

이리하여 국왕 부부의 비밀 방문 계획은 다름 아닌 본인들의 주도로 진행되었다. 그리고 오피아와 약속한 3일 후,

국왕 부부가 마을을 몰래 방문하며 유바와 미하루 일행을
놀라게 했다.

정령환상기

⫷ 막간 ⫸ ❀ 센트스텔라 왕국에서 온 편지

　장소는 센트스텔라 왕국.

　리오 일행이 야구모 지방에 머문 지 며칠이 지난 날의
일이다.

　오후, 타카히사는 매일같이 자기 방에 틀어박힌 한편,
마사토는 훈련장에 매일같이 검술 수련에 힘썼다. 제1 왕
녀 리리아나를 모시는 근위기사 힐다와 대련하며 배워 자
신의 검술을 갈고닦는 데 매진했다. 훈련장 입구와 떨어진
곳에서 아키가 그 모습을 지켜보았다.

　직업군인이자 대장급 기사인 힐다를 따라잡으려면 아직
멀었지만, 한창 자라는 중인 마사토는 나날이 실력을 갈고
닦았다. 최근에는 제법 고도의 검 응수를 보게 되었다.

　대련을 시작한 지 이제 십여 분이 지났을까. 결판이 날
때까지 싸우지 않고 형세가 결정될 만한 장면이 나와도 처
음부터 다시 대련하느라 상당히 숨이 차 보였다.

　"……휴식도 중요합니다. 이쯤에서 잠깐 쉬시죠, 마사토
님."

　힐다가 멈춰서 가볍게 숨을 내쉬고 말했다. 그러자 마사
토도 행동을 멈췄다.

　"네, 힐다 선생님."

　마사토가 숨을 헐떡이며 밝게 대답했다. 훈련용 목검을

내리고 땀을 닦으며 훅 숨을 내쉬었다.

"오늘도 열심히 하시는군요."

조금 전에 훈련장에 온 리리아나가 입구에서 다가왔다. 힐다가 쉬자고 한 건 리리아나를 봤기 때문이기도 했다.

"받으세요, 마사토 님. 음료수입니다."

리리아나의 시녀인 프릴이 손에 든 수건과 음료수를 마사토에게 건넸다.

"오, 고맙습니다, 프릴 씨……. 하, 맛있다!"

마사토는 붙임성 좋게 감사를 표하고 수건과 음료수를 받아 마른 목을 축였다. 아키도 그동안에 마사토에게 슬쩍 다가왔다.

"마사토 님, 가르아크 왕국에서 온 편지입니다."

리리아나가 마사토에게 편지를 건넸다.

"오, 정말요? 사츠키 누나가 보낸 거네요."

마사토가 기뻐하며 편지를 받았다. 보낸 사람은 사츠키지만, 리오와 미하루가 가르아크 왕국에 머무는 동안은 두 사람의 편지가 쓰여있기도 했다. 이번에는 어떤 내용이 적혀 있을까, 두근거리는 얼굴로 봉투를 열었다. 한편, 아키는 내용이 궁금한지 가만히 편지를 바라보았다.

마사토는 편지 봉투를 뜯고 편지를 읽었다. 편지에는 사츠키와 리오 일행의 근황이 적혀 있었다. 리오 일행은 또 여행을 떠났고 이번에는 사츠키만 편지를 쓴다는 것. 리오가 가르아크 왕성에 받은 저택에서 다 같이 즐겁게 지낸다는 것. 그리고 욕실과 파자마 파티 이야기도 하고 메시지를 부탁받았다며 리오와 미하루 일행의 메시지도 있었다. 그리고 마지막에는 최근에 타카히사와 아키는 어떠냐고 적혀 있었다.

"와, 세리아 누나도 사라 누나네 마을에 갔구나……. 아르슬란 녀석, 잘 지내려나."

마사토가 편지를 읽으며 그리운 얼굴로 혼잣말했다. 그리고 끝까지 읽고 아키의 시선을 알아차렸다.

"자, 아키 누나도 읽어. 궁금하지?"

마사토가 손에 든 편지를 아키에게 건넸다.

"……읽어도 돼?"

아키가 조심스럽게 물었다. 그 편지는 어디까지나 마사토가 받은 편지라고 생각하기 때문이었다. 무도회에서 그런 짓을 저지른 아키와 타카히사 대신 마사토가 사츠키와 미하루 일행과 교류하는 것에 지나지 않았다.

"내가 괜찮다고 했으니 괜찮지. 아키 누나는 어떻게 지내냐고 걱정하던데?"

자, 라며 마사토가 아키에게 편지를 받으라고 재촉했다.

"그래도……."

아키는 편지를 받으려고 망설이며 팔을 들었지만, 곧바로 손을 내렸다.

"왜 그래? 미하루 누나와 사츠키 누나가 잘 지내는지 궁금하지 않아? 하루토 형 이야기도 쓰여 있어."

마사토가 이어서 재촉했다.

"⋯⋯그래도 내가 그런 짓을 했는데."

가르아크 왕국에서 미하루와 리오에게 저지른 짓이 떠오른 모양이었다. 아키는 죄책감이 드러나는 표정을 지었다. 자신은 그 편지를 읽을 자격이 없다고 생각하는 듯했다.

"⋯⋯제대로 반성 중인가 보네."

"⋯⋯."

아키는 떳떳하지 못하게 말없이 고개를 숙였다. 센트스텔라 왕국에 온 뒤로 가르아크 왕국에서 있었던 일을 떠올리지 않은 적이 한 번도 없었다. 그리고 떠올릴 때마다 암담해졌다. 매일 그 생각이 강해졌다.

하지만 과연 그게 반성일까? 아키는 그것이 반성이라고 단정할 자신이 없었다. 그래서 마사토에게 반성 중이라고 긍정하지도 못했다.

"⋯⋯형에게는 이 편지를 보여줄 수 없지만, 아키 누나는 봐도 된다고 생각하니까 읽으라는 거야, 나는."

"⋯⋯왜?"

아키가 조심스럽게 물었다.

"아니, 그야 형과 다르게 제대로 반성하는 모양이고, 후회하잖아?"

"⋯⋯."

마사토가 반성과 후회라는 말을 꺼냈지만, 아키는 이번에도 긍정할 수 없는지 입을 다물었다. 반성하고 후회한다고 말하는 건 쉬웠다. 그러나 말한다고 뭐가 달라지겠는가?

그 말은 자신을 용서해주길 바라서 하는 말이었다. 나쁜 짓을 했는데 용서받으려는 말이었다.

그건 너무 제멋대로이지 않나? 자신은 정말 말도 안 되는 짓을 저질렀는데……. 용서받고 싶다니, 너무 제멋대로이지 않나? 그런 의문이 아키의 머릿속을 떠나지 않았다.

그리고 알 수 없어졌다. 미하루에게 미안한 짓을 했다고 생각했다. 하루토에게도 복잡하지만, 켕기는 기분이 들었다. 자기가 나쁜 짓을 했다고 생각했다.

하지만 타카히사를 생각하면 왠지 말로 표현할 수 없이 괜히 안타까워서…….

아키는 정말로 알 수 없어졌다. 머릿속이 엉망진창이 됐다. 미하루가 도와줬으면 좋겠다. 그래서 아키는 또 자책했다.

반성한다고도 후회한다고도 말할 수 없었다.

'……아키 님은 반성하고 후회해서 괴로워하시는군요. 그와 달리 타카히사 님은…….'

리리아나는 그런 아키를 보며 지금 이 자리에 없는 타카히사를 생각했다.

저지른 짓은 사실로 남아 지울 수 없었다. 그렇기에 아키는 괴로워했다.

괴로워하는 건 타카히사도 마찬가지지만, 자기 방에 틀어박혀 타인과의 교류를 단절한 타카히사를 보면 아키와 같은 이유로 괴로워하는 것 같지 않았다.

'자신을 돌아보는 시간이 필요하다고 생각했는데…….'

정말 이래도 되는 걸까? 타카히사가 가르아크 왕국에서 한 짓을 반성하고 후회하는지 알지 못했다. 리리아나는 조금 자신이 없어지기 시작했다.

"뭐, 그래……. 이 편지는 아키 누나에게 줄게. 언제 읽을지는 아키 누나가 알아서 해. 자."

말이 없는 아키를 보고 속이 상했는지 마사토가 아키의 손을 잡아 편지를 쥐어줬다.

"그래도……."

아키는 반사적으로 편지를 돌려주려고 했다.

"복잡한 생각은 그만하고 아키 누나가 읽고 싶을 때 읽어. 그리고 지금 심경을 편지로 써서 미하루 누나한테 보내보면 어때? 그러기 위해서라도 일단은 읽어줬으면 하는 게 본심이야. 지금까지 받은 편지도 나중에 주러 갈게."

마사토가 아키에게 힘차게 편지를 떠넘기고 제안했다.

"……."

아키는 그 말을 들어도 당장은 편지를 읽을 수 없었다. 하지만 마사토에게 편지를 돌려주지도 못하고 미하루 일행의 메시지가 적힌 편지를 소중히 품에 안았다.

【 제 5 장 】 ❈ 성녀의 태동

시간이 조금 흘러 리오 일행이 다시 슈트랄 지방으로 가기 위해 카라스키 왕국을 떠날 무렵의 일이다.

멀리 떨어진 슈트랄 지방. 리카 상회 본점이 있는 가르아크 왕국의 교역도시 아망드 거리를 걷는 사람들이 있었다.

인원은 다섯 명. 전원 여행가 차림에 그중에는 지난날, 프로키시아 제국의 성에 혈혈단신으로 발을 들인 성녀 에리카도 있었다.

"여기가 아망드. 제법 활기찬 도시네요."

에리카는 감동한 표정으로 도시의 거리를 둘러보았다. 오가는 사람들의 표정에 활기가 넘쳤고 순찰하는 병사가 많아서 치안도 좋아 보였다. 정비를 잘하는지 아니면 시민의식이 높은지 길에 쓰레기가 굴러다니지도 않고 뒷골목에도 이상한 냄새가 나지 않았다. 거리도 무척 아름다웠다.

"우리나라에 사는 주민 정도는 아니지만, 국민의 표정이 제법 밝군요. 이 도시를 다스리는 소문의 아가씨는 귀족치고 나름대로 선정을 베푸는 인물일지도 모르겠습니다, 에리카 님."

동행한 여성 검사가 에리카에게 말했다. 그러자 주위에 있는 사람들도 그렇게 나쁘지 않다는 듯이 찬성하며 아망드를 높이 평가했다.

단, 모두 아직 탄생한 지 얼마 되지 않은 자신들의 조국에 사는 국민이 위라는 자세는 잃지 않았다. 자존심이 높기도 하지만, 순수하게 성녀 에리카를 숭배하는 것이었다. 성녀인 에리카가 인도하는 자신들이 생활 만족도가 높아야 한다고 조금도 의심하지 않았다.

이들은 에리카의 신도이자 에리카를 경호하는 친위대원이었다. 그중에는 귀족 분가 출신과 에리카가 멸망시킨 왕국을 섬기던 사람도 있지만, 에리카가 일으킨 온갖 기적과 가르침에 이끌려 개종한 과거가 있었다.

"분명 우리 조국에 사는 사람들이 더 활기차다고 믿어 의심치 않습니다. 하지만 그냥 그런 선정이 아니에요. 여러 도시를 여행했지만, 이 정도로 훌륭하게 발전한 도시가 있었나요? 이 도시의 발전상은 우리나라도 참고해야 한다고 생각하지 않습니까?"

에리카가 신도들의 잘못을 바로잡듯이 말하고 물었다.

"확실히……."

"이 정도로 훌륭한 도시를 우리나라 왕도에 재현한다면……."

"도시를 발전시킨 인물의 이야기를 들을 수 있으면……."

신도들은 부정하지 않았다. 성녀인 에리카의 말이 옳다고 믿었다. 그래서 옳다는 전제로 이야기를 진행했다.

'이 도시는 슈트랄 지방의 평균적인 도시보다 훨씬 수준이 높아요. 누구의 지도 없이 도시가 이렇게 발전할 리도 없죠. 이용 가치가 있는 건 리카 상회라는 조직과 회장이라는 칭호뿐이라고 생각했는데…… 리카 상회 회장 리제롯테 크레티아. 그녀에게도 조금 관심이 가는군요.'

아망드의 대관이자 리카 상회의 회장인 리제롯테 개인에게도 관심을 가지고 입가를 일그러뜨렸다.

"이봐, 거기 모험가 누나들…… 거기 흑발의 아름다운 누나!"

노점 주인이 에리카 일행에게 말을 걸었다. 여행가 차림에 무장해서 모험가라고 생각한 모양이었다.

"……나 말인가요?"

에리카가 자신을 가리켰다. 슈트랄 지방에 흑발은 드물었다. 흑발이라는 말에 관심이 생겼는지 에리카가 주위를 둘러봤지만, 달리 해당하는 사람이 없었다. 노점 상품을 사게 하려는 속셈이라고 생각했는지 에리카는 관심 없다는 눈으로 남자에게서 시선을 돌리려고 했다.

"아망드 명물 수프 파스타 한 그릇 어때?"

"……파스타요? 여기서 취급하는 상품은…… 흠."

에리카는 주인이 발음한 「파스타」라는 말을 듣고 무슨 생각이 났는지 카운터 맞은편에 있는 재료를 보았다. 그리고 재료 사이에 있는 동그란 면을 발견하고 살짝 놀라더니 곧 생각에 잠겼다.

"여기서 파는 건 수프 파스타야. 뭐야, 댁 설마 파스타는 처음이야?"

"……그렇지도 않은 것 같지만, 파스타라……. 실례지만, 입 모양을 자세히 보여주세요."

에리카는 「파스타」라는 말에 꽂혔는지 남자의 입에 시선을 고정했다. 그리고 남자가 하는 말을 확인하듯이 주시했다.

"으, 응? 파, 파스타?"

남자 주인은 그녀가 입의 움직임을 물끄러미 관찰하자 당황하면서도 상품명을 다시 말했다.

"……다시 묻겠는데 이건 파스타라고 발음하는 거죠?"

에리카는 가게에 놓인 재료 사이에 있는 동그란 면을 다시 눈에 담고 남자의 입가를 응시하며 반복해서 확인했다.

"으, 응. 뭐, 뭔데? 예쁜데 별난 누나네."

에리카가 시선을 입가에 고정하고 계속 묻자 남자는 더욱 당황했다.

"실례했습니다. 조금 신경 쓰이는 게 있어서요. 그 수프 파스타라는 걸 하나 주시겠어요? 마침 점심때니 모처럼 여기서 식사하죠. 사람 수만큼 부탁합니다."

에리카는 남자가 경계하지 않도록 우아하게 웃으며 주문했다.

"으, 응. 잠깐만 기다려!"

남자는 조금 두근거린 것처럼 고개를 끄덕였다.

"만드는 걸 봐도 될까요?"

"그래, 봐도 돼."

"감사합니다."

에리카는 노점 카운터를 지나 주인에게 다가가 그곳에 있는 조리도구를 둘러보았다.

"……그런데 이 파스타가 아망드 명물이라고 했죠? 이건 대체 어떻게, 누가 고안한 요리인가요?"

에리카가 다시 동그란 파스타를 눈에 담고 주인에게 물었다.

"응? 아, 우리 아망드를 다스리는 대관님이자 리카 상회 회장, 리제롯테 크레티아 님이 개발한 식자재야. 몇 년 전부터 아망드에서 팔았는데 지금은 빵과 같이 이 도시의 주식이야. 인근 나라에서도 제법 일반적인 식자재가 되기 시작했대."

주인이 자랑스럽게 대답했다.

"……그렇군요. 심지어 몇 년 전……."

"왜 그래? 은근히 기뻐 보이는데?"

주인이 살짝 당황해서 에리카의 얼굴을 들여다보며 물었다.

"아뇨, 이 도시에 오길 잘했다 싶어서요. 덕분에 아주 좋은 만남이 성사될 것 같습니다."

에리카는 입꼬리를 올리며 활짝 웃었다.

그로부터 약 한 시간 후.

아망드의 대관 저택에 있는 집무실. 안에는 주인인 리제롯테와 시녀장으로 그녀를 섬기는 아리아가 있었다.

"……저기, 왠지 오늘 서류가 이상하게 많지 않아? 아리아."

리제롯테는 점심을 들고 일해보자며 집무실 의자에 앉았으나 책상 위에 산더미처럼 쌓인 서류의 산을 보고 표정이 굳었다.

"아마카와 경에게 배운 비누 양산화 체제를 만드는 데 필요한 서류네요. 상회에서 제작하던 기존 비누 제작은 중지하고 업무를 확대하느라 필요한 서류가 늘어났나 봅니다."

미리 산더미 같은 서류를 훑어봤는지 아리아가 망설임 없이 대답했다. 기존 생산체제를 파기하고 다시 처음부터 생산체제를 세우느라 기존 인원의 지속 고용과 인원 증가, 발생하는 비용 계산 등 그야말로 확인해야 하는 게 산더미 같았다.

"아, 그렇구나. 행복한 비명이네……."

리제롯테가 딱딱한 미소를 지었다. 서류 더미에 겁먹었는지 좀처럼 손을 뻗지 못했다.

"포기하고 빨리 처리해주세요."

"아, 알았다고."

아리아가 한숨 쉬며 말하자 리제롯테가 귀엽게 입을 내밀었다. 평소에는 어른스럽게 보이고 싶어서 남 앞에서 하지 않는 행동이지만, 아리아 앞에서는 나이에 걸맞은 소녀다운 표정을 지었다.

"해볼까."

리제롯테가 드디어 서류로 손을 뻗으려던 때였다. 집무실에 문 두드리는 소리가 울렸다.

"들어와요."

리제롯테가 문을 보며 허락했다. 아직 신입인 수습 시녀 클로에가 들어왔다.

"리카 상회 회장인 리제롯테 님을 만나고 싶다며 약속하지 않은 손님이 왔습니다. 지금은 귀족 거리 문에 있는데, 그…… 처음 듣지만, 성녀 에리카라는 인물입니다."

성녀라 불리는 위인은 역사 속에 제법 있지만, 현재 살아있는 인물 중 성녀라 불리는 위인이라면 수가 대폭 줄었다. 그리고 이름도 모르는 인물이 성녀를 자칭할 때는 십중팔구 수상한 사람이었다.

클로에는 리제롯테의 명령으로 손님이 오면 반드시 보고할 의무가 있지만, 보고하는 그 얼굴에는 '왠지 수상한 자칭 성녀가 왔는데 만나시겠어요?'라고 보이지 않는 잉크로 적혀 있었다.

"성녀 에리카라면 분명……."

"얼마 전에 민중을 선동해 프로키시아 제국의 속국 중하나인 소국을 멸망시킨 성녀의 이름이 에리카입니다."

리제롯테와 아리아는 그 이름을 들어봤다.

"……혹시 동일 인물? 멸망한 나라의 종주국인 프로키시아 제국의 분노를 사서 가르아크 왕국 쪽에 붙으려는 건가? 그런데 왜 아망드에……?"

리제롯테가 생각할 수 있는 용무를 나열하며 고개를 갸웃거렸다.

"전혀 다른 인물이거나 리카 상회를 자선사업으로 착각한 사람일 가능성도 있습니다."

그냥 그런 사람일 가능성이 더 컸다.

"그래도 조금 궁금한걸?"

리제롯테는 손에 든 서류를 책상 위에 놓인 종이 더미에 도로 올려놓았다.

"현실 도피해도 일거리는 사라지지 않습니다만……."

"이, 일이야. 일. 이것도 일이라고. 정보 수집! 상인이든 귀족이든 정보가 생명줄이라니까! 백문이 불여일견이잖아."

리제롯테가 자기 자신에게 들려주듯이 말하고 자리에서 일어났다.

"처음 만나는 손님과 똑같이 대응하고 저택까지 안내해 줘, 클로에."

"알겠습니다."

클로에는 꾸벅 고개를 숙이고 서둘러 방을 나갔다.

"평소처럼 아리아도 들어와. 쉬는 시간이 조금 길어졌다고 생각하자."

"알겠습니다."

아리아는 입꼬리를 올리면서도 마지못해 고개를 끄덕였다.

◇ ◇ ◇

　몇십 분 후.

　리제롯테는 호위를 겸해 아리아를 데리고 아망드 대관 저택 응접실로 걸음을 옮겼다. 안에는 먼저 안내받은 아리아가 소파에 앉아있었다.

　리제롯테는 응접실에 들어가 에리카의 용모를 보고 숨을 삼키는 순간 멈춰 섰다.

　'……일본인, 이지. 아무리 봐도…….'

　에리카의 외모가 일본인으로밖에 보이지 않기 때문이었다. 에리카는 일본이었으면 코스프레로밖에 안 보이는 신관복 같은 드레스를 입었다. 이 세계에서는 성직자가 보편적으로 착용하는 디자인이지만, 일본인이었던 전생의 기억이 있는 리제롯테의 눈에는 제법 임팩트가 있었다. 상대가 성녀라고 자칭하니 더욱 그러했다.

　'이 사람이 나라를 멸망시킨 성녀인가……. 설마 여섯 번째 용사? 지금까지 정보가 없었는데……. 아무튼 만나길 잘했어.'

　일부러 접촉했으니 뭔가 할 말이 있는 모양이었다. 겸사 겸사 유익한 이야기를 들을 수 있을지도 몰랐다. 이래서 약속 없이 처음 온 손님이어도 무시하기 어려웠다. 리제롯테는 그렇게 생각했다.

"……왜 그러십니까? 제 얼굴을 보고 놀란 듯이……. 당신이 리제롯테 씨죠?"

에리카가 리제롯테가 들어오자 조용히 일어나 사근사근하게 인사했다. 후훗 웃고 리제롯테의 얼굴을 물끄러미 바라보며 왜 그러냐고 물었다.

"……아뇨, 아무것도 아닙니다. 당신이 성녀 에리카 님이군요. 말씀하신 대로 제가 리카 상회의 회장 리제롯테 크레티아입니다. 이 도시의 대관이기도 합니다."

"처음 뵙겠습니다, 에리카라고 합니다. 성녀라는 칭호를 수상하게 여겨서 못 만날까 봐 불안했는데 만나서 기쁩니다."

에리카가 스스로 수상하게 여겨질 때가 있다고 농담하며 자기소개를 했다.

"실은 성녀 에리카라는 이름을 들은 적 있어서 만나보기로 했습니다. 일단 앉으세요."

리제롯테는 에리카와 마주 보며 앉았다.

"어머, 그랬군요. 저를 아십니까?"

에리카가 자리에 앉아 기쁜 척 미소 지었다.

"얼마 전에 뜬소문으로 들었습니다. 어느 소국에서 민중이 반란을 일으켜 작은 신흥국가를 세웠다고요. 그때 민중을 이끈 인물이 성녀 에리카였다고요."

당신이 그 성녀 에리카입니까? 리제롯테가 눈앞에 있는 에리카를 빤히 쳐다보며 말없이 물었다.

"어머나, 그랬군요. 이런 세계도 의외로 정보가 빠르게

도는군요. 제가 그 에리카입니다.”

“그러, 시군요…….”

너무도 쉽게 자백하자 리제롯테는 마치 고장 난 듯한 얼굴로 할 말을 잃었다. 멸망한 게 변경에 있는 크게 중요하지 않은 소국이었기에 그다지 주목받지 않았지만, 나라를 멸망시키는 데 앞장섰다고 쉽게 인정할 줄은 몰랐다. 그런 말을 하면 위험인물로 받아들일 수밖에 없었다.

“당신의 나라를 멸망으로 이끌 인물 같아서 경계하십니까?”

에리카가 속을 꿰뚫어 본 듯한 질문을 농담처럼 했다.

“……결과만 놓고 짐짓 문제시해 판단하자면 그렇습니다. 다만, 모든 것에는 인과 관계가 있으니 과정과 결과를 둘 다 고려하지 않으면 적정하게 평가할 수 없습니다.”

리제롯테가 잠깐 고민하고 대답했다.

“어머, 멋진 식견을 가졌네요.”

에리카가 후후후 우아하게 웃었다.

“……아닙니다. 그런데 그런 당신이 왜 저를 만나러 오셨죠?”

“제게 관심이 있군요. 정말 기쁩니다. 그리고 그건 저도 마찬가지입니다. 우리나라에서도 명성을 떨치는 조직인 리카 상회와 당신에게 관심이 생겨서 꼭 만나고 싶은 마음에 왔습니다.”

“……그럼 그냥 흥미 삼아 저를 만나러 왔다는 말씀이십니까?”

만나는 게 목적이고 다른 목적은 없냐고 리제롯테가 에둘러 물었다.

"만나는 게 목적은 아니랍니다? 저는 당신을 스카우트하고 싶습니다."

"저를, 스카우트요?"

리제롯테는 상상을 초월한 말을 들은 것처럼 당황해서 머릿속으로 물음표를 그렸다.

"네. 꼭 우리나라로 이주해서 국가 발전에 힘을 빌려주길 바랍니다. 이곳 아망드를 발전시킨 것처럼."

에리카가 뜻밖의 이야기를 꺼냈다. 리제롯테는 가르아크 왕국의 필두 대귀족인 크레티아 공작가의 딸이자 리카 상회의 회장이기도 했다. 보통은 그런 사람에게 어딘지도 모르는 변경에 있는 나라로 이주하지 않겠냐는 말은 할 수 없었다. 그보다 황당무계해서 권유라기보다는 농담으로밖에 들리지 않았다. 그러나 에리카의 표정을 보면 농담으로 권유한 것 같지 않았다.

"……저는 가르아크 왕국의 귀족입니다. 받아들일 수 없습니다."

그래서 리제롯테는 진지한 표정으로 대답했다.

"어머, 어떻게 하면 받아줄 수 있습니까?"

에리카는 말도 안 되는 부탁을 한다는 자각이 없는지 리제롯테가 오는 전제로 태연하게 질문했다.

'……이 사람, 어디까지 진심으로 하는 말인지 모르겠어.

언뜻 보면 인상 좋은 미소를 짓고 있지만…….'

뭐라고 할까, 가면을 쓴 사람과 이야기하는 것 같았다. 만나자마자 뜬금없는 권유도 해서 리제롯테는 남몰래 에리카에 대한 경계심을 키웠다.

"……친교 있는 나라를 일시적으로 방문한다면 모를까 알지도 못하는 나라의 권유를 받고 쉽게 받아들일 귀족이 있을까요? 타국으로 이주하는 건 나라를 버리는 것과 마찬가지고 최악의 경우, 조국에 싸움을 건다고 여겨질 겁니다."

리제롯테가 더 강한 어조로 난색을 보였다. 에리카의 권유는 조국을 배신하라는 권유이기도 했다.

"나라가 방해된다는 말이군요. 당신은 가르아크 왕국의 귀족이라서 타국으로 이주할 수 없고요."

에리카가 그제야 표정을 찌푸렸다.

"……설령 귀족이 아니어도 당신의 나라로 이주할 이유가 없습니다. 저는 이 나라가 좋습니다. 그리고 귀족으로서 이 도시의 대관이라는 것이 자랑스럽습니다."

"그렇군요. 하지만 특권계급으로 존재하는 왕후 귀족이 국민을 통치한다. 그것이야말로 불행의 연쇄를 만든다는 생각은 안 듭니까?"

"……갑자기 무슨 말씀이십니까?"

에리카의 질문은 블랙 조크라고 호의적으로 받아들이기에는 적잖이 위험했다. 그래서 리제롯테는 에리카의 표정을 헤아리듯이 질문했다.

"왕후 귀족은 세계의 발전에 해만 된다는 뜻입니다."

"저도 왕후 귀족입니다만……."

이렇게 대놓고 말하니 난감했다. 이제는 기가 막혔다.

"그래서 당신을 이주시키며 귀족의 지위를 버리게 할 생각입니다. 우리나라에 왕후 귀족은 존재하지 않으니까요."

에리카가 결론을 정해놓고 대화를 진행했다. 처음부터 결론을 정해놓고 회담 중에 그걸 바꿀 생각이 없는 상대와 대담한 적이 많지만, 에리카는 그중에서도 최고였다.

"그러니까 저는 이주할 마음이 없다고……."

말이 안 통해서 그런지 부정하려는 리제롯테의 말투에 강한 감정이 실렸다.

그때, 응접실에 딱, 하는 소리가 울렸다. 소리를 낸 건 리제롯테의 바로 뒤에 서 있는 아리아였다. 필기도구를 떨어뜨린 모양이었다.

"실례했습니다."

아리아가 꾸벅 인사했다. 괜히 시녀장이 아니었다. 예기치 못한 소리를 일부러 내서 주인인 리제롯테의 머릿속을 환기했다.

'……고마워, 아리아.'

그걸 알았는지 리제롯테가 가볍게 한숨을 흘리고 마음속으로 아리아에게 감사 인사를 보냈다.

"왕후 귀족은 세계의 발전에 해만 된다고 말씀하셨죠?"

그리고 화제를 바꿨다. 대화의 초점이 중구난방이라 하

나로 줄이기로 했다.

"제가 있던 소국에서는 일부 왕후 귀족이 오랫동안 국민을 착취했습니다. 왠지 압니까?"

에리카가 새로운 질문을 했다.

"……좋은 통치자가 없었기, 때문입니까?"

틀리지 않았다. 그러나 백 점 만점의 정답이 아니라고 생각했는지 리제롯테가 떨떠름한 표정을 지었다.

"이해는 하는군요. 더 자세히 바꿔 말하면 신분 사회를 전제로 한 군주제는 극히 불완전한 사회제도이기 때문입니다."

에리카가 만족스럽게 웃으며 리제롯테의 대답을 더 깊게 파고들어 말로 표현했다.

"당신은 인정해야 합니다. 특권계급이라는 틀을 인정하니까 특권계급이 단물을 빠는 제도가 만들어진다는 것을. 통치자가 자유롭게 통치할 수 있는 한, 민중의 생활 안정성은 통치자의 선의에 맡겨야 합니다. 그 결과, 민중만이 불평등하게 착취당하는 세상이 이어지죠. 이 세계의 여러 왕국에 존재하는 공통적인 문제점이라고 할 수 있어요. 그렇게 생각하지 않습니까?"

일종의 사상 검증 같은 질문을 귀족인 리제롯테에게 던졌다. 리제롯테가 문제없다고 대답하면 왕후 귀족이 특권계급을 유지하기 위해 평민은 불평등해도 괜찮다는 생각으로 받아들여질 터였다.

가령 질문 상대가 니들 프로키시아였다면 뭐가 문제냐고 했겠지만…….

"……그렇다고 어떻게 할 수 있는 문제가 아닙니다."

리제롯테가 대답했다.

"그건 당신도 왕후 귀족이라는 특권계급을 버리기 싫어서 아닙니까? 민중을 이용해 단물을 빨고 싶은 거 아닙니까?"

"……풍족하게 자란 건 부정할 수 없습니다. 하지만 그렇다고 해서 민중을 이용해 단물을 빨아먹을 생각도 없습니다. 저는 국민을 생각하며 가능한 한 평등을 현실화할 수 있게 아망드를 다스리고 있습니다."

"분명 여기 아망드는 훌륭한 도시입니다. 민중이 활기가 넘쳐요. 하지만 그건 당신이라는 대관이 다스리는 도시이기 때문입니다. 가령 앞으로 다른 대관이 이 도시를 다스리더라도 민중의 삶이 나빠지지 않는다고 말할 수 있습니까? 그렇게 되지 않게 제도적인 틀을 만들어야 하지 않을까요?"

에리카가 잇따라 맞는 말 같은 질문을 던졌다. 선량한 가치관을 가진 왕후 귀족이라면 대답하기 어려운 내용이었다.

"……그러고 싶어도 어렵습니다. 그래서 어떻게 할 수 있는 문제가 아니라고 대답했습니다."

리제롯테가 쓴 것을 입에 물고 참는 듯한 얼굴로 대답했다.

"왜 어렵죠? 간단합니다. 도시의 방향을 결정할 권리를 민중 한 명, 한 명의 손에 맡기고 합의로 결정하면 됩니다.

이걸 못 합니까?"

에리카가 이상하다는 듯이 고개를 갸웃거렸다.

"전혀 간단하지 않습니다. 그러려면 거기에 사는 민중의 교육적 발전이 꼭 필요합니다. 민중 한 명, 한 명의 정치적 판단이 막연하면 그 집단은 최악의 경우 자멸합니다. 아니면 그걸 이해하는 사람이 민중의 우둔함을 이용해 자기 입맛에 맞게 정치할 겁니다. 그렇게 되면 새로운 특권계급이 태어나겠죠. 위에서 민주화를 추진하는 어려움도 있고 민중의 교육적 발전이 이루어져도 그런 폐해를 완전히 저지하기 어렵습니다."

리제롯테는 에리카가 간단하다고 말한 생각의 문제점을 나열하고 논리정연하게 반박했다.

"······정말 총명하네요, 당신. 인간의 본질이 짐승임을 잘 알아요. 그리고 인간사회가 얼마나 발전하든 짐승이라는 건 바뀌지 않죠. 잘 아네요. 정말 훌륭합니다. 그래, 그러니까, 나는······."

에리카는 살짝 놀랐다. 그리고 무언가가 심장을 찌른 것처럼 지금까지 미소라는 가면을 쓰고 말하던 그녀가 고통스러운 표정을 지었다. 무언가에 특정한 강한 원한을 보이듯 빠드득 이를 갈았다. 그것이 에리카가 리제롯테에게 처음으로 보인 인간다운 감정이었다.

"······무슨 말씀이십니까?"

리제롯테가 의아해하며 에리카를 보았다.

"실례했습니다. 우리나라에는 당신처럼 총명한 인재가 없어서요. 저도 모르게 열이 올랐습니다."

에리카는 다시 미소라는 가면을 썼다. 성녀의 가면을…….

"당신이 왜 국민을 선도해 나라를 세웠는지 이번 대화로 대강 알았습니다."

리제롯테가 대화를 마무리하려고 한숨을 내쉬며 말했다.

"호오, 그거 대단하네요. 혹시 모르니 가르쳐주시겠습니까?"

에리카가 눈을 크게 뜨며 물었다.

"……민중을 위해서, 아닙니까?"

"훗, 후후후. 흐하하하하!"

리제롯테의 대답에 에리카가 격하게 웃음을 터뜨렸다.

"……뭐가 우습죠?"

"아뇨, 아무것도. 저는 그저 약자가 존재하지 않는 세계를 만들고 싶을 뿐입니다. 그 시초로 민중의, 민중을 위한, 민중의 손에 의한 민주주의 국가를 세웠죠……. 말하자면 이건 장대한 복수입니다."

"복수……?"

"네. 그러면 약자가 존재하지 않는 세계를 만드는 건 그저 수단에 지나지 않을 수도 있겠네요. 복수가 목적이니까요."

"무슨 말씀이신지 전혀 모르겠습니다만……."

이지적인 대화도 할 수 있는가 했더니 이 모양이었다.

리제롯테가 조금 질린 표정을 지었다.

"당신과의 대화는 아주 유익했어요. 그러니까 다시 권유하겠습니다. 리제롯테 크레티아 씨. 신분을 버리고 우리나라로 오세요. 모두가 평등한 나라를 만들기 위해."

"……거절하겠습니다. 모두가 평등하게 살 수 있는 나라가 있다면 아주 멋지겠죠. 하지만 그런 나라를 만드는 건 무리입니다. 당신은 왕후 귀족의 손에 의한 정치를 비판하고 국가 정치를 민중에게 맡긴다고 했지만, 그러려면 문제가 산더미입니다. 저는 적어도 지금은 이대로 가는 게 최선이라고 생각합니다. 바꾼다면 천천히. 저는 지금 상황에 민중을 선동해 급속하게 개혁을 밀어붙이는 게 올바르다는 생각이 들지 않습니다."

분명 그것은 파탄으로 이어질 테니까. 리제롯테는 도도하게 말하고 단호하게 자기 의사를 전달했다.

"……무슨 말을 해도 거절할 겁니까?"

"네. 그보다 이해가 안 되네요. 왜 당신이 그렇게까지 저라는 개인에게 집착하는지……."

리제롯테가 당혹스러워하며 말했다.

"솔직히 처음에는 리카 상회의 영향력이 목적이었습니다. 하지만 리카 상회의 상품명을 보고 만든 사람에게도 관심이 생겼죠. 제 생각에는 상품을 개발하는 어드바이저가 있는 줄 알았는데 대화해보고 알았습니다. 당신이죠? 지구의 언어를 쓴 상품을 만든 게."

에리카가 물끄러미 리제롯테를 바라보았다.

"……무슨 말씀이시죠?"

리제롯테가 몹시 이상하다는 듯이 고개를 갸웃거렸다.

"시치미 떼도 상관없습니다. 아니, 그래. 시치미 떼지 않아도 돼. 내 이름은 사쿠라바 에리카라고 하는데 너는……. 혹시 이름이 리카였니? 외관은 10대 소녀 같은데 진짜 나이는 몇 살? 이렇게 물으면 이해하려나?"

에리카가 성녀다운 정중한 말투를 버리고 갑자기 나이에 걸맞은 젊은 여성처럼 편하게 말했다.

"……대화가 뜬금없네요, 정말로. 갑자기 말투도 바꾸고. 그게 당신의 진짜 말투입니까?"

리제롯테가 당황하며 기가 막힌 얼굴로 물었다.

"먼저 제 질문에 대답했으면 좋겠군요. 아니, 대답했으면 좋겠어. 이제부터 성녀 에리카가 아니라 사쿠라바 에리카로서 이야기할까? 거기 있는 시녀가 들어도 괜찮다면."

에리카가 리제롯테 뒤에 있는 아리아를 보며 말했다.

"……알겠습니다. 리카 상회의 상품을 고안하는 건 저입니다. 아리아는 들어도 괜찮습니다."

리오가 미하루를 처음 데리고 온 후, 아리아에게는 전생을 가르쳐줬다.

"흐음. 이름과 나이는? 리카 씨? 아니면 리카?"

"질문 하나에 대답했으니 이번에는 제 질문에 대답해주세요."

지금까지 에리카의 말에 맞춰줬으니 리제롯테가 당당하

게 요구했다.

"서로 질문 하나씩 대답하자는 거야? 좋아. 뭐가 궁금해? 아, 내 말투를 물어봤었지. 이게 진짜야. 아니, 이게 진짜였어, 가 맞나?"

에리카가 조금 전, 리제롯테가 한 질문에 대답했다.

"진짜였다?"

"그 전에 이번에는 내 질문. 네 전생의 이름은?"

"……미나모토 리카입니다. 그래서 진짜였다는 게 무슨 뜻이죠?"

"사쿠라바 에리카는 이미 죽은 거나 마찬가지니까……. 지금의 나는 성녀 에리카야."

순간, 에리카의 얼굴에 그늘이 드리웠지만, 곧 미소가 떠올랐다.

"죽은 거나 마찬가지?"

"이번에는 내 질문이야. 리카의 생전 나이는?"

"열여섯 살입니다."

"어머, 어렸네. 대학생 정도일 줄 알았는데 전생까지 더하면 혹시 나보다 연상? 외모가 아직 앳돼서 그렇게는 안 보이네."

"나이 이야기는 됐습니다. 그보다 죽은 거나 마찬가지라는 말은?"

불필요한 대화는 이을 생각이 없는지 리제롯테가 다음 질문을 했다.

"……가장 사랑하는 연인과 더는 만날 수 없어서. 나에게는 그 사람이 전부였으니까 그 사람이 아니면 맺어질 생각도 없고, 사쿠라바 에리카일 필요성을 느끼지 못했어. 그래서 성녀 에리카가 된 거야. 하지만 너와 이야기하니 조금 그리워졌어."

지금만 부활했다며 에리카가 조금 쓸쓸하게 말했다.

"이번에는 뭘 물어볼까……? 그래. 리카는 일본인이었을 때, 어디에 살았어?"

"도쿄 분쿄구입니다."

"아하하, 그 얼굴로 도쿄 분쿄구라니 웃기네. 좋은 곳에 살았구나. 참고로 나는 신주쿠에 있는 대학에서 강사로 일했어."

"왜 제가 전생했다고 생각했죠?"

"이세계에 소환된 인간이 있는걸. 전생한 인간도 있을지도 모른다고 생각했을 뿐이야. 일본에 있을 무렵에 그런 소설도 좀 읽었고. 그래서 리카는 왜 죽었어?"

"……버스 교통사고로요."

리제롯테가 조금 석연치 않은 얼굴로 질문에 대답했다. 에리카가 아무 상관없는 것만 물어서였다.

"와, 클리셰네."

"이번에는 제 차례입니다……. 왜 아무 상관없는 질문만 하죠? 더 유익한 걸 물을 줄 알았는데요."

"그냥……. 사쿠라바 에리카로서 성녀 에리카의 질문에

대답할 마음이 안 들어서. 너와 대화하니 조금 그리워졌다고 했잖아."

에리카가 짜증 나는 현실이 떠오른 것처럼 쓴웃음 지었다.

"그렇군요……."

리제롯테의 표정은 여전히 석연치 않았다. 성녀일 때와 인상이 너무 달라서 다른 사람을 상대하는 기분이 들었다.

"아무 상관없는 질문만 하긴 했네. 서로 다음 질문으로 끝낼까?"

"……알겠습니다."

아직 궁금한 게 많지만, 억지 부릴 수 없었다.

"그럼 나부터."

"네……."

무슨 질문이 올까, 리제롯테는 경계했다.

"리카, 아니, 리제롯테는 좋아하는 사람 있어?"

"……네?"

상상을 초월하는 질문이 날아와서 자기도 모르게 되물었다.

"좋아하는 사람 있어?"

"그거 물을 필요 있나요?"

"있어. 여자들끼리 이야기할 때 필수 질문이잖아."

"……없습니다."

"거짓말이네. 뜸 들였잖아. 안 돼, 솔직해야 대답해야지. 안 그러면 나도 다음 질문에 솔직하게 대답하지 않을 거야."

에리카가 엄격하게 판정했다.

"……솔직히, 모르겠습니다. 일이 바빠서."

리제롯테가 조금 쑥스러워하며 눈을 내리뜨고 대답했다.

"반응을 보니 신경 쓰이는 사람은 있는 거네."

"제일 먼저 떠오른 사람은 있습니다만…… 사랑하는 사이가 되는 모습이 상상이 안 되네요."

"……그래. 그래도 있으면 후회하지 않게 해. 후회한 선배의 조언이야."

"네……."

"그럼 이번에는 리제롯테 차례."

"알겠습니다. 그럼……."

리제롯테는 고개를 끄덕이고 머릿속으로 이미 결정한 중요한 질문을 하고자 입을 움직였다.

"당신은 용사입니까? 다섯 명의 용사는 파악했지만, 제가 아는 한, 여섯 번째 용사의 정보는 한 번도 듣지 못했습니다. 그러니까……."

리제롯테는 혹시 에리카가 용사냐고 물었다.

"으음, 그걸 묻기야?"

어떻게 된 일인지 에리카가 떨떠름한 표정을 지었다.

"안 되는 이유라도? 제가 솔직하게 대답했으니 그쪽도 솔직하게 대답해주세요."

에리카가 용사일 수도 있다고 생각하지만, 본인이 인정하게 해서 확정 정보로 만들고 싶었다. 그래서 그 질문을 했다.

"추천은 안 해. 곤란해질지도 몰라."

"그건 들어봐야 알죠."

"그렇긴 해……. 그럼 대답할게……. 나는 용사야."

"역시, 그렇군요……. 그래서 곤란해진다는 건……."

리제롯테가 만족스럽게 목을 울리고 숨을 내쉰 뒤, 에리카에게 물으려고 했다.

"아, 곤란하네요. 제가 용사라는 건 아직 숨겨야 한답니다."

그때, 에리카가 갑자기 성녀처럼 말하기 시작했다.

"……네?"

리제롯테는 너무나 갑자기 달라진 태도에 당황했다.

"윽!"

에리카가 리제롯테를 잡으려고 했다. 알아차렸을 때는 에리카가 눈앞에 서 있어 리제롯테가 깜짝 놀랐다.

"갑자기 무슨 짓입니까?"

아리아가 에리카 앞을 막아섰다. 에리카의 팔을 순식간에 낚아채 시원하게 창문으로 내던졌다. 에리카는 창문에 부딪혀 요란한 소리를 내며 저택 밖으로 떨어졌다.

"잠깐……!"

리제롯테는 그 광경에 말을 잃었다.

"잡아 오겠습니다. 곧 호위 시녀들이 올 겁니다. 리제롯테 님은 여기 계십시오."

아리아는 근처에 세워둔 마검을 뽑고 에리카를 쫓아 창

문으로 뛰어내렸다.

아리아가 창문에서 뛰어내려 저택 정원에 착지하자…….

"아, 곤란하네요. 곤란해."

에리카가 상처 하나 없이 귀찮다는 듯 드레스에 묻은 먼지를 털었다.

'저 성녀는 용사, 사츠키 님처럼 신장으로 육체를 강화했다고 봐야겠습니다. 용사를 죽이면 일이 귀찮아질 테고, 성가시군요…….'

아리아도 귀찮은 한숨을 내쉬었다.

"당신, 평범한 시녀가 아니군요?"

그러자 에리카가 오른손에 신장인 석장을 출현시키며 아리아에게 물었다.

"무슨 당연한 말을. 리제롯테 님을 섬기는 시녀는 모두 평범한 시녀가 아닙니다."

"후, 후후후. 그거 멋지네요."

말한 순간, 에리카가 아리아를 향해 돌진했다. 신장에 의한 강력한 신체 강화로 인간이 낼 수 있는 한계를 초월한 속도였다.

그러나 아리아도 마검으로 강력한 신체 강화를 걸었다. 에리카의 속도에 문제없이 대응하고 자신도 돌진해 거리를 좁혔다.

"……!"

에리카는 조금 놀란 듯 눈을 크게 뜨고 충격을 피하려고 했는지 아니면 거리를 두려고 했는지 오른쪽으로 크게 움직였다.

그러나 아리아가 뒤쫓아 거리를 좁히고 공격 범위에 들어온 순간에 검을 휘둘렀다. 죽이면 안 되기 때문인지 칼등으로 타격하려고 했다. 에리카는 즉시 석장으로 아리아의 공격을 막았다.

"정말 멋진 힘이에요."

에리카가 감탄하며 중얼거리고 석장을 있는 힘껏 앞으로 내질러 공격을 막은 아리아를 쳐내려고 했다.

'윽, 무슨 힘이 이렇게……!'

아리아의 몸이 크게 뒤로 물러났다. 마검으로 신체를 강화했는데도 힘에서 밀렸다. 이동속도 자체는 그렇게 대단하지 않건만, 엄청난 힘을 끌어낼 수 있는 모양이었다.

"우물쭈물하면 원군이 올 것 같으니 빠르게 끝내겠습니다."

에리카가 공격에 나섰다. 석장의 길이를 이용해 아리아의 공격 범위 밖에서 일방적으로 공격했다.

'……여섯 번째 용사님은 아주 성격이 거칠군요.'

아리아는 때로는 공격을 간파해 피하고 때로는 검을 휘둘러 석장의 궤도를 능숙하게 바꾸며 에리카를 공격 범위에 들이려고 했다. 그러나 에리카는 아리아의 공격 범위에 들어가기 전에 석장을 있는 힘껏 바닥에 내리쳤다. 그러자 지면이 솟아나 흙벽이 되어 아리아를 가로막았다.

"……."

아리아는 추격하지 않고 후퇴해 거리를 벌렸다. 에리카가 허를 찔러 리제롯테를 노릴 것도 고려했는지 리제롯테가 있는 저택을 등졌다.

그러자 에리카가 만든 흙벽이 부서졌다. 흙벽을 만든 에리카가 석장을 휘둘러 귀찮다는 듯이 흙벽을 후려쳤다.

아리아와 에리카가 다시 마주 섰다.

"……당신, 정말 강하네요. 이렇게 강한 사람은 처음입니다. 세상은 넓군요……."

에리카가 무척 감동한 것처럼 말했다.

"용사님은 순간적인 힘은 훌륭하지만, 전투 훈련은 받지 않은 인상입니다."

"네, 맞아요."

"실력은 파악했으니 슬슬 끝내겠습니다."

"후후후. 그건 글쎄요?"

에리카는 아리아의 도발을 자신만만하게 비웃었다.

그리고 아리아를 향해 달렸다. 에리카는 석장을 지면을 왼쪽에서 오른쪽으로 베듯이 휘둘렀다. 흙을 품은 충격파가 아리아를 덮쳤다.

그러나 아리아는 충격파의 효과 범위를 순식간에 간파하고 일단 물러나 충격파의 위력이 약해지는 곳까지 피했다. 그리고 충격파가 약해지기 시작한 순간, 다시 달려 에리카에게 접근했다.

"윽!"

에리카는 자기가 쏜 충격파로 시야가 가려져 반응이 느렸다. 그래도 다시 충격파로 아리아를 날려버리려고 했는지 석장을 크게 치켜들었다.

'느려.'

아리아는 에리카가 석장을 내리치기 전에 아래에서 검을 베어 올려 석장을 위로 쳐냈다. 그리고 그대로 에리카의 품으로 파고들었다.

"크윽……!"

에리카의 품에 강력한 바탕손치기를 먹였다. 가르아크 왕성에서 전투 훈련 중 리오에게 직접 배운 무술이었다. 에리카의 몸이 멀리 날아가 십여 미터를 굴렀다.

반응이 충분히 전해졌다. 신체 강화를 했어도 상당한 피해를 줬을 터였다. 실제로 아직 의식이 있는지 일어서려고 했지만, 힘이 들어가지 않는지 몸을 떨며 사지를 버둥거렸다.

'끝났네요. 어떻게 포박하느냐가 문제인데 한 대 더 때려서 기절시켜야겠습니다.'

거칠지만, 어쩔 수 없었다. 아리아는 마음을 정하자마자 에리카에게 접근했다. 사지를 버둥거리는 에리카의 복부를 노려 아래에서 위로 인정사정없이 걷어찼다.

"커헉……!"

에리카의 몸이 크게 튀어 올랐다. 그리고 몇 초 후에는 중력에 의해 지면으로 낙하했다. 에리카는 기절했는지 힘없이 앞으로 쓰러졌다.

"아리아!"

그때, 저택에서 나탈리와 코제트가 황급히 뛰쳐나왔다. 그 손에는 마봉의 족쇄가 들려있었다.

'일 처리가 빨라서 좋군요. 저 족쇄로 손을 뒤로 구속하면 날뛰지 못할 겁니다.'

아리아는 그렇게 판단하고 엎어진 에리카에게 다가갔다. 마검으로 신체를 강화한 상태로 에리카의 등에 올라타 바닥에 짓눌렀다.

"제가 잡은 틈에 그 족쇄를, 윽?!"

그 순간, 에리카가 팔굽혀 펴기를 하듯 아리아를 등에 싣고 있는 힘껏 뛰어올랐다. 그 기세를 이용해 아리아를 날려버렸다. 족히 10미터는 떠올랐다.

'말도 안 돼! 피해가 전혀 없다니?!'

저 밑에 멀쩡히 기민하게 일어선 에리카를 보고 말문이 막혔다. 에리카는 가볍게 위를 올려다보고 아리아와 눈이 마주치자 기분 나쁘게 웃고…….

전력으로 달려 아리아와 멀어졌다. 향하는 곳에는 저택이 있었다.

"윽, 코제트, 나탈리, 그 여자를 잡아요!"

아리아가 공중에서 낙하하며 황급히 동료들에게 지시했다.

"앗?!"

에리카는 코제트와 나탈리가 접근하기도 전에 지면을 향해 있는 힘껏 석장을 내리쳤다. 이 충격파는 조금 전에 쓴 충격파와 비교도 되지 않는 규모였다. 마치 대폭발이 일어난 듯한 굉음이 울려 퍼지고 주위에 흙먼지와 연기가 피어올랐다. 아직 낙하 중인 아리아의 눈에도 지상이 보이지 않았다.

'리제롯테 님……!'

아리아는 먼지로 뒤덮인 지상이 아닌 저택을 보았다. 그러자 2층 창문으로 상황을 지켜보던 리제롯테와 저택으로 달려가는 에리카가 보였다. 에리카는 리제롯테가 어디 있는지 찾는지 주위를 두리번거렸다.

'위험해.'

빨리, 빨리, 떨어져라.

고작 몇 초의 시간이 아리아에게는 영원처럼 느껴졌다. 드디어 지면에 착지하자 전력으로 저택으로 달려갔다.

먼지 때문에 1미터 앞도 보이지 않지만, 신경 쓸 때가 아니었다. 호위 시녀들이 시간을 벌어주기를 바라며 아리아는 전속력으로 흙먼지 속을 내달렸다. 이윽고 시야가 트이고…….

"안돼, 아리아! 물러나!"

익숙한 리제롯테의 외침이 들렸다. 그리고 아리아를 기다리고 있었는지 약 몇 미터 앞에서 에리카가 석장을 휘두르고 있었다.

"아하, 거기였군요."

2층 창문으로 몸을 내밀고 외친 리제롯테를 본 에리카가 씩 웃었다. 그와 동시에 석장이 지면을 내리쳤고…….

"크윽……!"

아리아의 시야가 충격파와 흙먼지로 캄캄해졌다.

【 제 6 장 】 ❁ 성녀의 습격

리제롯테가 성녀 에리카와 대담하고 2주가 흐른 날의 일이다.

리오는 정령의 주민의 마을과 카라스키 왕국에 일시 귀환을 마치고 다시 슈트랄 지방으로 돌아왔다.

그러나 리오와 동행한 사람은 이전부터 함께 움직인 미하루, 세리아, 아이시아, 라티파, 사라, 오피아, 아르마뿐, 고우키, 카요코, 코모모 등 야구모 지방 사람들은 없었다. 열 명 이상인 고우키 일행의 가신 전원을 데려가기에는 에어리얼로도 정원 초과였다.

그래서 앞으로는 슈트랄 지방에도 전이할 수 있게 하자는 이야기가 나왔다. 하늘을 날면 2주 정도 걸리는 거리고 2번에 나눠 전원을 수송할 수 있으니 그렇게 할까, 하는 이야기도 나왔지만, 최고 장로들의 재량으로 전이결정 제작 허가를 받았다.

따라서 고우키 일행은 일단 정령의 주민의 마을에서 대기하기로 했다. 먼저 리오 일행이 가르아크 왕국으로 가서 전이할 곳을 설정하고 프랑수아에게 고우키 일행에 관해 알린 뒤, 다시 정령의 주민의 마을로 돌아와 고우키 일행을 데리고 오기로 했다.

그리하여 가르아크 왕국으로 먼저 간 리오 일행은 정해

진 절차를 거쳐 왕성에 도착해 일단 저택으로 향했다.

"그럼 귀환 보고를 하고 올 테니 여러분은 여기 계세요."

리오는 미하루와 세리아만 데리고 저택에서 왕성으로 가기로 했다. 보고할 상대는 물론 사츠키와 샤를로트, 국왕 프랑수아였다.

정무를 보느라 바쁜 프랑수아는 바로 만날 수 있을지 알 수 없지만, 아마 사츠키와 샤를로트는 만날 수 있을 터였다. 저택으로 돌아와 입성 절차를 밟을 때 미리 알리게 했으니 어쩌면 성 정문 근처에서 기다릴지도 몰랐다. 그렇게 생각하고 성 정문으로 갔다.

"하루토 군, 미하루, 세리아 씨! 서둘러!"

정문에 사츠키가 있었는데 상태가 이상했다. 몹시 초조한 얼굴로 리오 일행을 불렀다.

"……왜 그러세요?"

리오 일행이 달려가 물었다.

"일단 따라와. 큰일이 벌어졌어. 지금, 용사이자 성녀라는 사람이 성에 와서 폐하를 알현 중이야. 어서, 빨리!"

사츠키가 리오 일행의 손을 잡아당기며 달렸다.

"요, 용사이자 성녀라고요? 폐하를 알현 중이라는 건 알겠는데…….'

그래서 어쨌다는 걸까? 사츠키가 서두르는 탓에 설명이 이해되지 않았다.

"리제롯테가 그 사람에게 유괴됐어!"

그 말을 들은 순간, 리오 일행의 표정이 급속히 굳었다.

◇ ◇ ◇

한편, 성에 있는 고위 왕족 전용 응접실.

"대화가 평행선을 달리는군요."

"짐도 그렇게 생각한다."

성녀 에리카와 가르아크 국왕 프랑수아가 대담 중이었다. 문 좌우에 있는 의자에 마주 앉아 서로 한탄스럽게 한숨을 내쉬었다.

"리제롯테의 신병을 반환하면 이쪽은 일을 키울 생각이 없다. 그걸로는 안 되겠나?"

프랑수아가 에리카에게 제안했다.

"왜 피해받은 제가 단념해야 합니까? 먼저 손댄 건 리제롯테 크레티아의 부하인 저 사람입니다."

에리카가 쌀쌀맞게 제안을 거부했다. 응접실 벽 쪽에 서 있는 아리아가 죽일 기세로 에리카를 노려보았다. 그리고 리제롯테의 양친인 세드릭과 줄리안느도 있었다. 에리카는 아리아와 눈이 마주치자 훗 미소 지었다.

"하지만 저기 있는 리제롯테의 시녀인 아리아의 설명과 앞뒤가 너무 달라. 아리아의 진술에 의하면 먼저 리제롯테에게 손대려고 한 건 에리카 공이네만?"

"용사인 제 설명을 의심하십니까?"

에리카가 불손하게 물었다.

"리제롯테의 진술과 일치하면 믿도록 하지. 짐은 리제롯테를 믿는다. 그러니 리제롯테의 신병을 반환해주게."

"그건 저를 의심하는 것이나 마찬가지 아닙니까? 반환하면 얼마든지 말을 맞출 수 있지 않습니까."

"설령 그런 일이 있어도 일을 키우지 않겠다는 말이네만……. 그럼 리제롯테를 이곳으로 데려와 리제롯테의 진술을 들어보지."

"적진에 인질을 데려오라고요? 그건 반환하라는 말 아닙니까?"

"아니, 그런 말은 하지 않았다. 일단 데려오기만 해도 상관없어. 리제롯테가 무사한지 확인하고 싶군."

"그래서 데려오면 옳다구나 하면서 이유를 붙여 숨길 테죠? 그리고 저는 단념하고요? 그런 멍청한 짓을 하는 멍청이가 있으면 한번 보고 싶군요."

"……."

프랑수아는 무거운 한숨을 내쉬었다.

그때였다. 응접실 문이 열리고 사츠키가 리오와 미하루와 세리아를 데리고 들어왔다.

"어라, 그쪽 용사가 돌아왔네요. 거기에……."

에리카가 사츠키를 보고 말했다.

"이거 또 귀여운 일본인 여자아이를 데려왔군요. 서는 신성 에리카 민주공화국이라는 나라의 원수인 성녀 에리카라고 합니다. 반가워요. 당신은 사츠키 씨의 친구인가요?"

에리카가 미하루를 보고 참으로 사근사근하게 말했다.

"무시해, 미하루."

사츠키가 새침한 말투로 옆에 있는 미하루에게 말했다. 그 목소리는 에리카에게 닿지 않을 정도로 작았다.

"어머, 미하루 씨라고 하는군요. 아름다울 미에 봄 춘 자? 아니면 석 삼에 봄 춘 자를 쓰나요? 우리끼리 하는 이야기지만, 일본에 있을 무렵의 제 성에는 벚나무 앵이라는 글자가 들어갔답니다. 당신과 잘 지낼 수 있을 것 같네요."

"앗, 말도 안 돼. 내 말이 들렸을 리가……."

"입 움직임을 보면 일목요연하죠. 저 그런 걸 잘한답니다."

미하루의 이름을 알아듣자 놀란 사츠키에게 에리카가 방법을 알려줬다.

"언뜻 보면 붙임성 좋은 사람처럼 보이지만, 이 사람이 리제롯테를 유괴했어. 돌려보내라고 해도 안 보내겠다고만 해."

"유괴라니 누가 들으면 오해하겠습니다. 가해 행위 때문에 인질로서 신병을 확보한 겁니다. 그쪽은 대국, 이쪽은 소국이니."

어처구니가 없다며 에리카가 덧붙였다.

"……진전은 있었어? 샤를."

사츠키가 리오, 미하루, 세리아를 데리고 샤를로트 곁으로 다가갔다.

"아뇨, 안타깝게도 전혀요."

샤를로트가 울적하게 고개를 저었다.

"슬슬 그쪽 요구를 말해주겠나? 용사 에리카 공. 신병을 돌려달라, 그럴 수 없다, 반복하다가는 끝이 없겠군."

프랑수아가 질렸다는 듯이 에리카의 요구를 물었다.

"이런 제 실수입니다. 이쪽의 전달사항은 다섯 가지입니다. 하나, 왕정 폐지. 둘, 귀족제 폐지. 셋, 국가를 국민에게 넘길 것. 넷, 리제롯테 크레티아의 신병을 신성 에리카 민주공화국에 넘길 것. 다섯, 리카 상회의 재산과 경영권을 신성 에리카 민주공화국에 넘길 것."

이상이라며 에리카가 해맑은 얼굴로 마무리했다.

"……진심으로 하는 소리인가? 그런 조건, 어느 것 하나도 받아들일 리 없지 않나?"

이런 걸 타국에 요구하는 건 선전포고나 마찬가지였다. 프랑수아가 불쾌해하며 얼굴을 찌푸렸다.

"당신이 요구를 받아들이리라 생각도 안 했습니다. 하지만 실현하겠습니다. 그러니 이건 요구라기보다 결정된 사항이에요. 그쪽이 교섭하려고 이것저것 제안해서 말하기 어려웠지만, 오늘은 이 결정 사항을 전달하러 왔습니다. 제가 말한 조건을 실행하지 않으면 이쪽에서 결정 사항을 실행하겠습니다."

에리카가 낭랑하게 선언했다. 상대가 용사라고 해도 이렇게까지 얼굴에 먹칠을 당하면 군주로서 가만히 있을 수 없었다.

"……우리나라의 왕정을 폐지하고 귀족제를 실력행사로 해체하겠다? 즉 신성 에리카 민주공화국이 가르아크 왕국에 선전포고했다고 받아들여도 되겠지?"

프랑수아가 날카로운 눈초리로 물었다.

"이렇게 된 이상, 그렇게 되려나요? 그렇다면 더 명확하게 적대적으로 행동할까요?"

"뭐……?"

"후후. 조금 전에 말한 대로 이쪽은 소국. 그쪽은 대국. 인질을 한 명 더 늘리는 것도 괜찮겠네요."

에리카가 벽 쪽에서 리오 일행 곁에 서 있던 샤를로트를 보았다. 그리고 갑자기 일어나 힘차게 달려 신장인 석장을 현현하며 샤를로트에게 달려들었다.

"……."

에리카가 샤를로트를 사로잡기 전에 리오가 에리카의 석장을 잡고 막아섰다.

"……어라?"

에리카가 석장을 밀어 샤를로트와 리오를 한꺼번에 날려버리려고 했다. 그러나 리오는 신체 강화를 발동했는지 에리카의 힘에 정면으로 맞섰다. 상당한 힘을 실었는지 두 사람의 손이 떨렸다.

'……엄청난 마력이야. 상당한 신체 강화를 걸었어.'

리오는 말없이 에리카를 응시하며 분석했다. 리오의 뒤에서 샤를로트가 지금이라는 듯이 등에 매달렸지만, 방해

되지 않게 바로 물러났다.

"당신, 제법 강한가 보군요. 기사입니까? 멋지군요."

에리카가 우아하게 미소 지었다.

"……어떻게 할까요? 폐하."

리오가 의자에 앉은 프랑수아에게 물었다.

"……리제롯테가 인질로 잡혔다. 일을 더 키우지 않는다면 오늘은 정중히 돌아가게 모시도록."

"알겠습니다. 그럼……."

리오가 고개를 끄덕였다.

"어라……."

석장을 자주 쓰는 손으로 쥔 에리카의 자세가 앞으로 휘청이며 무너졌다. 리오는 양손으로 석장의 자루를 눌러 에리카가 자유롭게 움직일 수 없게 했다. 어떻게 이렇게 되었냐면 리오가 순간 에리카를 밀치려고 힘을 싣다가 갑자기 힘을 빼고 에리카와 석장을 함께 잡아당겼기 때문이었다.

"저는 힘을 주고 있었습니다만……."

에리카가 이상하다는 듯이 고개를 갸웃거렸지만, 리오가 자신의 무게중심을 이용했다는 걸 알아챈 듯했다. 뭔가 이해한 표정을 지었다.

"……역시 대국. 거기 있는 시녀도 그렇고 이 소년도 그렇고 제법 뛰어나군요. 정말 훌륭합니다."

에리카가 리오의 얼굴을 보고 이어서 응접실 내부를 둘러보았다. 프랑수아 곁에는 마검을 빼든 아리아가 그를 지키며 서 있었다.

"더 난동부리지 않으면 이대로 보내드리겠습니다."

난동부릴 마음이 있는지 없는지 리오가 석장을 잡은 채 성녀에게 물었다.

"당신과 싸우는 건 힘들겠네요. 난동부릴 생각은 없지만……."

에리카가 말하며 석장에 마력을 실었다. 그리고 바닥에 닿은 석장 끝을 통해 바닥에 마력을 주입했다.

"……!"

리오도 서둘러 몸속에서 마력을 끌어올렸다. 마력을 볼 수 있는 세리아와 미하루도 석장에 실린 강력한 마력을 봤는지 깜짝 놀랐다.

"이런 건 어떻습니까?"

에리카가 석장에 실은 마력을 해방해 어떤 현상을 일으키려고 했다. 석장이 성스럽게 빛나며 바닥도 빛났다. 그제야 다른 사람들도 에리카가 석장에 마력을 실은 것을 깨달았다.

"……."

그러나 아무 일도 일어나지 않았다. 에리카가 뭔가 하려고 한 게 분명했기에 프랑수아 일행은 의아한 표정을 지었다. 다만 의아한 표정을 지은 건 에리카도 마찬가지였다.

"……이상하네요. 저는 이 방을 파괴하려고 석장에 마력을 실었습니다만……."

"무슨……!"

에리카가 뭘 하려고 했는지 알고 일동이 말을 잃었다.

"당신, 뭘 한 겁니까? 설마 제 신장에 간섭했습니까? 대체 어떻게 그런 짓을?"

에리카가 정면에 서 있는 리오를 응시하며 추측했다. 실제로 그러했다. 에리카가 발동하려고 한 현상을 리오가 정령술로 덧씌운 게 정답이었다.

"……."

프랑수아와 샤를로트 일행이 당혹과 경악이 뒤섞인 얼굴로 마른침을 삼켰다. 무슨 일이 일어났는지 이해할 수 없지만, 리오와 성녀 사이에 눈에 보이지 않는 고도한 공방이 펼쳐졌다는 건 알았다.

"폐하의 말씀을 무시하고 일을 키우려고 한 이상, 얌전히 돌아갈 생각이 없다고 봐도 되겠습니까?"

리오가 호전적인 에리카를 날카로운 눈빛으로 바라보았다. 말투는 공손하지만, 그 말은 실로 차가웠다.

"후, 후후후. 그렇게 되면 리제롯테 크레티아의 안전을 보증할 수 없다는 건 압니까? 제가 정해진 시간에 돌아가지 않으면 동료가 그녀를 처단할 겁니다."

에리카가 뻔뻔하게 웃으며 협박했다.

"……그럼 얌전히 돌아가시면 감사하겠습니다. 계속 난동을 부려서 다른 분에게 위해를 끼치면 포박하는 수밖에 없습니다."

나는 그걸 원하지 않지만, 당신은 그걸 원하냐고 리오가 눈빛으로 물었다.

　"……좋습니다. 지금 제 역할은 이 나라 민중에게 복음을 전파하는 것. 이 자리에 있는 분들이 망자가 되는 건 국민의 분노를 알고 난 후여도 늦지 않습니다. 아니, 그래야 합니다. 아무래도 제가 일을 서둘러서 순서를 틀린 모양이군요. 원래 목적은 이루었으니 이쯤에서 가보겠습니다."

　에리카가 손에 든 메이스를 없앴다. 그리고 양손을 들어 싸울 뜻이 없다고 표현하며 응접실 문으로 당당하게 걸어갔다. 수상한 짓을 하지 못하게 리오가 뒤쫓으려고 했다.

　"당신이 따라오면 성에서 난동 부릴지도 모릅니다? 일단 말해두는데 리제롯테 크레티아를 잊지 마시길."

　에리카가 뒤돌아 리오를 막았다. 리오는 부득이하게 그 자리에 멈춰 섰다. 뒤쫓고 싶어도 뒤쫓지 못해 화가 나는지 리오 이외에도 험악한 시선이 에리카의 등에 쏠렸다.

　이내 에리카가 나가고 응접실 문이 닫혔다.

　"……폐하, 추적 허가를 내려주시겠습니까?"

　리오가 즉시 프랑수아에게 말했다.

　"뭐라……?"

　프랑수아가 당황했다.

　"지금 저 성녀를 놓치면 그거야말로 리제롯테 씨가 못 돌아올지도 모릅니다. 리제롯테 씨가 있는 장소를 알아내 탈환하겠습니다."

리오의 눈에 망설임은 없었다. 구하러 간다. 강한 결의가 엿보였다.

"으음……. 하지만 리제롯테의 소재를 알아낼 때까지 절대로 추적을 들켜서는 안 된다. 그대는 그럴 수 있겠나?"

눈치챈 시점에 리제롯테가 두 번 다시 돌아오지 못할 우려가 컸다. 프랑수아는 목을 울리면서도 리오라면 혹시 모른다는 생각이 들었는지 물끄러미 바라보며 물었다.

"……1킬로미터 이상 거리를 유지하고 추적하겠습니다. 너무 멀어지면 놓치겠지만, 그 정도 거리라면 놓치지 않고 추적할 방법이 있습니다. 그래서 다소 시간 여유가 있지만, 결단을 서둘러 주십시오."

「아이시아, 긴급사태야. 곧 성에서 나올 흑발 여성을 영체화해서 추적해줘.」

리오가 대답하며 허락이 떨어지기 전에 염화로 아이시아에게 말했다.

「……알았어.」

「고마워.」

즉시 대답이 돌아와 고마움을 전했다. 이제 정말로 추적하는 일만 남았다. 리오는 프랑수아를 똑바로 바라보며 대답을 기다렸다.

"……사츠키 공에게 한 가지 부탁이 있다."

"무엇입니까?"

"만약 성녀와 일이 복잡해지면 용사의 이름으로 우리나

라를 위해 최선을 다하겠다고 공언해주겠나?"

프랑수아가 사츠키에게 도움을 청했다. 슈트랄 지방에서 신성시하는 용사와 일이 복잡해지면 이쪽도 용사를 옹립하는 게 필수였다. 나라를 짊어진 자로서 확인하고 싶었으리라.

"물론입니다. 말씀하실 것도 없습니다. 저런 짓을 하는 사람은 용서할 수 없으니까요."

성녀 때문에 화를 못 참겠는지 사츠키가 즉시 대답했다.

"……알겠다. 그럼 리제롯테 구출은 하루토에게 맡기겠다. 알겠나, 세드릭."

프랑수아가 깊이 고개를 끄덕이고 리오에게 리제롯테 구출 허가를 내렸다. 그리고 리제롯테의 아버지인 세드릭에게도 확인받았다.

"……잘 부탁합니다, 하루토 군."

세드릭은 눈을 감고 고민했지만, 결국 머리를 숙이며 부탁했다.

"최선을 다하겠습니다."

"부탁하지."

프랑수아가 모든 것을 리오에게 맡겼다.

"다른 분들에게 설명 부탁드려요."

리오가 깊이 머리를 끄덕여 프랑수아에게 대답하고 옆에 있는 미하루와 세리아, 그리고 사츠키와 샤를로트를 보고 뒷일을 부탁했다.

"……응. 조심해."

"꼭 무사히 돌아와요."

"리제롯테를 부탁해, 하루토 군."

세리아, 미하루, 사츠키가 불안해하며 리오를 보았다.

"돌아오시길 기다리겠습니다. 하루토 님."

샤를로트는 드레스를 잡고 의연하게 리오를 배웅했다.

"맡겨주세요. 반드시 구해오겠습니다."

리오가 네 사람을 안심시키려는 듯 웃고 성녀를 뒤쫓기 위해 밖으로 걸음을 내디뎠다.

"……잠깐."

"무슨 일이십니까?"

나가기 직전, 프랑수아의 부름에 리오가 문 앞에 멈춰 섰다.

"……더할 나위 없을 만큼 명백하게 선전포고 당했다. 사츠키 공의 확언도 받았으니 상대가 용사이든 성녀든 상관없어. 구출 후에 추격당할 것 같으면 최악의 경우 그대의 판단으로 일을 키워도 상관없다. 여차할 때는 충분히 힘을 보여주도록 하라."

우리에게 싸움을 건 것을 후회하게 해주라는 듯이 프랑수아가 리오에게 성녀와의 교전을 허락했다. 국왕이 직접 허락한 것은 의미가 컸다.

"그리하겠습니다."

리오는 깊이 머리를 숙이고 응접실을 나갔다.

그 직후······.

"······분수를 모르는 무례한 행동임을 알고도 청이 있습니다."

한 여성의 목소리가 응접실에 울려 퍼졌다.

【 에필로그 】 ❖ 동행인

응접실을 나온 리오는 먼저 떠난 에리카를 따라잡지 않게 천천히 성문으로 향했다. 도중에 순찰하는 병사들에게 성녀가 지나간 것을 확인했다.

「하루토, 머리카락이 검은 여자가 문 가까이 왔어. 밖으로 나가면 뒤쫓을게.」

아이시아에게서 연락이 왔다.

아무래도 정말로 얌전히 성을 나갈 생각인 모양이었다.

「고마워. 무슨 일 있으면 알려줘. 염화가 닿을 거리에서 쫓아갈 테니까.」

「알았어.」

리오는 아이시아와 필요한 대화를 나누며 성 건물에서 밖으로 나갔다. 2백 미터 앞에 있는 성문에는 막 밖으로 나가려는 성녀 에리카가 있을 터였다.

그때였다.

"기다려주십시오!"

누군가가 뒤에서 달려오며 리오를 불렀다. 서둘렀는지 조금 숨이 가빴다.

"……아리아 씨?"

리오의 눈이 휘둥그레졌다. 뒤쫓아와서 놀라기도 했지만, 아리아가 평소에 입는 시녀복이 아니라 모험가가 입을

법한 옷을 입은 것에도 놀랐다. 대체 왜 이런 모습일까. 리오가 의아해했다.

"부탁드립니다."

아리아가 진지한 얼굴로 이야기를 꺼냈다.

"……무엇입니까?"

그 순간, 리오는 어렴풋이 아리아가 부탁할 내용을 예상했다. 그 내용이 맞는지, 아닌지 생각하는 사이…….

"리제롯테 님 구출 임무, 부디 저도 동행하게 해주시겠습니까?"

제발, 제발……. 아리아가 엎드려 절하듯이 리오에게 머리를 숙였다.

정령환상기

⟨ 후기 ⟩ ✾

여러분, 안녕하세요. 키타야마 유리입니다. 『정령환상기 17. 성녀의 복음』을 읽어주셔서 정말 감사합니다.

드디어 17권까지 왔습니다. 보통 권수가 이만큼 나오면 이전 권보다 매상이 내려가는 모양입니다만, 소설 『정령환상기』의 초동은 계속 오른다고 하네요. 여러분, 정말 진심으로 감사합니다!

덕분에 드라마DC 3탄(17권 특별판 수록) 「각본, 두근두근, 히로인 랭킹」도 발매했으니 구매하신 분을 리오와 히로인들의 코믹한 대화를 꼭 즐겨주세요!

그리고 이미 고지해서 아는 분도 계시겠지만, 이번에 『정령환상기』의 새로운 굿즈 2종 발매가 결정됐습니다! 「세리아 선생님 베개 커버」와 「세리아 선생님 향수」입니다!

베개 커버는 그렇다 치고 향수를 만드는 건 아주 드문 일이라고 해요. 저도 설마 제가 살면서 향수 제작에 협조할 줄은 상상도 못 했던지라 귀한 경험을 했습니다. 베개 커비 세리아 선생님은 무심코 끌어안고 싶을 정도로 사랑스러우니 여러분, 꼭 구매하셨으면 좋겠습니다!

베개 커버와 향수의 자세한 내용은 공식 사이트에 공개됐으니 자세한 내용은 HJ문고나 멜론북스 공식 사이트, 제 트위터 계정 등에서 확인해주세요(이번 권 발매일인 9

월 1일에는 이미 예약이 시작됐을 거예요).

그리고 중요한 작품 본편 이야기도 잠깐 해보겠습니다. 리오, 아리아, 아이시아라는 최강의 조합으로 임하는 18권. 이야기가 드디어 다음 전개로 옮겨갑니다.

성녀의 알 수 없는 힘 등 앞으로 여러 권에 걸쳐 자세히 다루지 않은 정보를 접할 기회가 많아질 테니 이야기 전개와 함께 기대해주세요(야구모 팀도 17권에 등장시켜서 다행이다……!).

이전처럼 책 끝에도 다음 권 예고가 개재됐을 테니 그쪽도 확인해주세요. 『정령환상기 18. 대지의 짐승』은 올해 겨울에 발매할 예정입니다!

그럼 18권에도 여러분과 다시 만나기를!

2020년 7월 하순 키타야마 유리

정령환상기

18. 대지의 짐승

성녀를 자칭하는 여섯 번째 용사 에리카가
가르아크 왕국의 공작 영애
리제롯테 크레티아를 납치했다.

리제롯테 탈환에 나선 리오는
그녀의 필두 시녀인 아리아와 함께
성녀의 흔적을 쫓는다.

한편, 인질이 된 리제롯테는
성녀가 국가 원수를 맡은
신성 에리카 민주공화국의 상황을 목격하고⋯⋯.

"성녀 에리카⋯⋯
그녀는 정말 약자 구제를 바라는 걸까?"

SEIREI GENSOUKI Vol.17

ⓒYuri Kitayama

Originally published in Japan in 2020 by HOBBY JAPAN CO., Ltd.

Korean translation rights ⓒ2021 by Somy Media, Inc.

정령환상기 17 —성녀의 복음—

2021년 11월 14일 1판 1쇄 발행

저　　　자 키타야마 유리
일러스트 Riv
옮 긴 이 이은혜
발 행 인 유재옥
본 부 장 조병권
담당편집 정영길
편집1팀 이준환 박소연
편집2팀 정영길 조찬희 박치우 조현진
편집3팀 오준영 곽혜민
디 자 인 김보라 서정원
라이츠담당 한주원 이다정
디 지 털 박상섭 이성호 최서윤
발 행 처 ㈜소미미디어
제 작 처 코리아피앤피
등　　　록 제2015-000008호
주　　　소 서울시 마포구 토정로 222, 403호 (신수동, 한국출판콘텐츠센터)
판　　　매 ㈜소미미디어
마 케 팅 한민지 최정연
물　　　류 허석용
전　　　화 편집부 (070)4164-3962, 3963 기획실 (02)567-3388
　　　　　　판매 및 마케팅 (070)4165-6888 Fax (02)322-7665

ISBN 979-11-384-0420-4 (04830)
ISBN 979-11-6611-646-9 (세트)